the 리더

BBULMEDIA FANTASY STORY
희배 퓨전 판타지 소설

the 리더

9

뿔미디어

CONTENTS

제1장
꿈의 발전 설비 '무한력(無限力)

온누리배 국제 축구대회 무산되나?

총 상금 2억 달러를 투자해서 월드컵보다 주목받을
수 있는 세계적인 축구대회를 개최하겠다는 그룹 '환'
최강권 회장의 야심찬 계획이 유수의 클럽들과 축구
강국들의 반발로 사실상 무산 위기에 놓여 있다.

작년 최강권 회장은 카벨 FIFA 회장과 독대에서
전폭적인 지지를 이끌어 내고 온누리배 국제 축구대회
를 개최하겠다고 선언했지만 클럽 팀들이 A팀 차출을
거부함으로써 예선전이 파행을 거듭하다 마침내 전면

취소됨으로써 참가팀 확정에 애를 먹고 있다.

이것은 온누리배 국제 축구대회가 엄청난 돈을 들이면서도 외교에 실패함으로써 B급 대회로 전락할 수밖에 없으리라는 증거가 아닐 수 없다.

이로써 엄청난 거금을 들여서 세계적인 명품 대회를 만들겠다는 최강권 회장의 야심이 좌절될 수밖에 없게 되었다.

······중략······.

이것은 '환' 그룹을 만들어 세계 최고의 기업을 만들고 빌보드 차트를 정복하여 POP계의 거목이 되는 등 승승장구하며 전 세계의 주목을 받는 최강권 회장의 첫 번째 좌절로 이어질 수밖에 없을 것이다.

뉴욕 타임즈 기자 벨라케즈.

월드 투어를 마치고 귀국길에 이 기사를 접한 강권은 즉시 카벨 FIFA 회장에게 전화를 걸었다.

[카벨, 어떻게 된 거요?]

―미스터 최, 어떻게 되다니요?

[카벨, 정말 이럴 거요? 당신이 내가 개최하는 온누

리배 국제 축구대회에 전폭적인 지지를 약속하지 않았소? 당신을 믿고 신경을 쓰지 않았는데 결과가 이렇다면 나는 다시 생각할 수밖에 없소.]

―미스터 최, 지금 나를 협박하고 있는 것입니까?

[하하하, 협박이라. 카벨, 겨우 당신 따위에게 그런 말을 들을 정도로 내가 우습게 여겨지오? 정말 협박을 해볼까? 당신 능력이 그 정도밖에 안 된다면 정말 편히 쉬게 해줄 수 있어. 내가 당신을 편히 쉬게 해준다면 당신은 앞으로 얼굴을 들고 다닐 수 없게 될 거야. 그래도 좋다면 당장 그렇게 해주지.]

강권의 말에 카벨은 등골이 오싹해짐을 느끼며 변명하듯 말을 꺼냈다.

―미스터 최, 이런 말을 하면 내 변명 같겠지만 사실 나도 최선을 다했습니다. 당신의 정보 능력이라면 내가 얼마나 애썼는지 알 것 아니겠습니까? 하지만 FIFA 회장인 나도 만능은 아니어서 세계 축구계의 큰손들인 클럽들을 배제하고 새로운 대회를 개최하기에는 사실상 불가능합니다. 클럽들로서도 스타들을 A팀에 계속 차출을 하게 한다면 돈줄인 팬들의 외면이 불 보듯 빤한 것이어서 어쩔 수 없습니다. 뭔가 특단

의 대책이 강구되지 않는다면 온누리배 국제 축구대회
는 사실상 무리라고 생각이 됩니다. 미안합니다.

[이보시오, 카벨. 축구대회를 개최하는데 꼭 클럽들
을 개입시킬 필요가 있소?]

―미스터 최, 그것은 미스터 최가 몰라서 하는 말입
니다. 사람들을 끌어들이는 스타 플레이어들은 전부
클럽에 속해 있기 때문에 클럽을 배제시키고 축구팬들
의 이목을 집중시킬 만한 축구대회를 개최하기란 불가
능합니다.

[허어, 카벨. 당신은 정말로 불가능하다고 생각하고
있소?]

다짐받듯 물어보는 강권의 물음에 카벨은 다시 곰곰
이 생각을 했지만 그의 경험으로는 클럽을 배제하고
세계적인 대회를 연다는 것은 불가능하다는 결론을 내
렸다.

물론 FIFA 회장직을 걸고 강행한다면야 이룰 수도
있겠지만 굳이 그럴 필요를 느끼지 않았다.

아니, 자기 막내아들보다도 어린 녀석의 말에 따라
서 그렇게 하기에는 너무 자존심이 상했기 때문이다.

어떻게 보면 온누리배 국제 축구대회의 개최가 사실

상 무산되게 된 배경에는 카벨의 보이지 않는 영향력
이 강하게 작용했다고 봐도 좋을 것이다. 그런데 자존
심이 상하지만 그걸 녀석이 알게 해서는 안 된다.

이런 기분을 반영시키기라도 하듯 카벨은 강한 어조
로 말했다.

—미스터 최, 내가 75년에 FIFA에 입성한 후에
근 40여 년을 축구계에서 일해 왔습니다. 그런데 정
말로 미스터 최가 생각하듯 세계 축구계는 그렇게 만
만한 것이 아닙니다.

[호오, 정말 그렇게 생각하오? 카벨, 당신은 어떻게
생각할지 모르겠지만 코리언은 불가능을 가능으로 바
꾸는데 있어서 전문가들이오. 자원도 빈약하고 인구도
그리 많지 않는 조그만 나라가 불과 50여 년 사이에
세계에서 다섯 번째 안에 드는 경제 대국이 되었소.
어떻소? 클럽의 아무런 협조 없이 월드컵에 버금가는
대회를 치를 수 있다는 것에 내기해도 좋소. 말이 나
온 김에 우리 내기라도 할까요?]

—그, 그건······.

[카벨, 당신은 스스로 합리적으로 생각한다고 하겠
지만 내가 보기에는 자기가 가진 것도 활용하지 못하

는 얼간이일 뿐이오.]

강권은 서슴지 않고 카벨에게 극단적인 발언을 했다.

근 20여 년 동안 세계 축구계를 좌지우지하는 카벨에게 어느 누가 이런 모욕적인 발인을 할 수 있을까?

그럼에도 불구하고 카벨은 지은 죄가 있어서 함부로 발작하지 못했다.

온누리배 국제 축구대회 예선전이 몇 게임 치러지다 클럽들의 반발로 무산된 것은 사실 카벨이 암암리에 조종을 했기 때문이다.

강권은 코웃음을 치며 카벨의 가슴을 철렁 내려앉게 만든 후에 달래듯이 말했다.

[카벨, 기왕 이렇게 되었으니 내가 이 난국을 타개할 만한 해법을 제시하겠소. FIFA 랭킹을 이용해 보시오.]

—예에? 그게 무슨 말씀이신지…….

[카벨, 당신은 그렇게 힌트를 주었는데도 알아차리지 못할 만큼 멍청하오? 아니면 스테이크를 잘라 입에 처넣어 주기를 바라는 거요?]

—…….

[이런 쯧쯧쯧. 카벨, FIFA 랭킹의 상위팀들을 온 누리배 국제 축구대회에 참가할 수 있는 자격을 준다면 간단할 게 아니겠소.]

—아! 그런 방법이 있었군요.

카벨은 그제야 무슨 말인지 알았다는 반응을 보였다.

사실 카벨은 30대 초반의 나이에 스위스의 세계적인 시계 회사인 론진의 이사로 재직할 만큼 명석한 사람이어서 강권이 무얼 원하는지 정확하게 알아차렸다. 어쩌면 이 젊은 드래곤은 이런 방법이 있었음을 알고 자신의 방해 책동을 방관하고 있었는지도 모른다는 생각이 들자 카벨은 등골이 오싹해짐을 느꼈다.

카벨은 자신의 공포를 감추기라도 하려는 듯 급히 말을 이었다.

—미스터 최, FIFA 랭킹을 이용한다면 예선전을 거칠 필요가 없으니까 구태여 클럽들의 눈치를 보지 않고도 세계적인 대회를 치를 수 있겠군요. FIFA 랭킹을 이용하니 FIFA의 영향력도 더 커질 수 있을 것이고, 월드컵 이상의 권위도 가질 수 있겠군요. 그런데…….

[월드컵이 유명무실해질까 두렵단 말이오? 그럼 월

드컵이 열리는 해에는 온누리배 국제 축구대회를 치르지 않으면 될 것 아니겠소. 내 돈으로 내가 대회를 치르는데 그 정도는 할 수 있지 않겠소.]

—그, 그렇게 해주신다면야 우리 축구인들로서는 정말 고마울 따름이지요. 그런데 올해 대회는 몇 팀으로 생각하시는지요?

[원래는 월드컵처럼 32개 팀으로 할 생각이었소. 그런데 그리한다면 일정 때문에 자칫 부실 대회가 될 것 같단 말이거든. 그래서 올해는 20개 팀이 참가하는 정도로 해야겠소. FIFA랭킹 16위까지의 팀과 나머지는 내 팀인 누리축구단과 대륙별 안배로 참가팀을 결정하시오. 전부해서 한 20개 팀 정도면 되겠지. 다음 대회부터는 월드컵처럼 32개 팀으로 하는 것으로 하고 말입니다. 알겠습니까?]

—하하, 여부가 있겠습니까.

[참, 온누리배 국제 축구대회의 시드 배정은 무조건 FIFA 랭킹 상위팀으로 하시오.]

—예. 무슨 말씀이신지 알겠습니다. 하하!

카벨 회장은 최강권이 자기가 암암리에 저지른 일에 대해 전부 알면서 눈감아준다고 생각해서인지 더 이상

토를 달지 않았다.

자기에게 함부로 말하지 않았던 이전과는 다르게 시정잡배처럼 막말을 해댄 것이 그 증거라고 할 수 있었다. 이것은 90년대 말부터 FIFA 회장 선거를 겪으면서 얻게 된 생존본능과도 같은 것이었다.

손자뻘 되는 강권이었지만 목숨이 왔다, 갔다 하는 판국에 그걸 섭섭하게 생각할 처지가 아닌 것이다.

[카벨, 대회 시작 전 일주일 전부터 탈락이 확정된 다음 날까지 참가팀들의 숙식에 드는 비용 일체를 내가 지불하겠소. 또한 예전에 말한 것처럼 우승 팀에겐 1억 달러, 준우승 팀에겐 5천만 달러, 3위 팀에겐 3천만 달러, 4위 팀에겐 2천만 달러의 상금과 모든 참가팀들에게 일정한 흥행 배당금을 지불하도록 하겠소. 그 정도면 당신 체면도 서지 않겠소?]

—감사합니다. 회장님. 그렇게만 해주신다면 회장님 기대에 어긋나지 않도록 최선을 다하겠습니다.

[그럼 수고 좀 해주시오.]

—예. 알겠습니다. 회장님.

카벨은 강권과의 통화를 마치고 안도의 한숨을 내쉬며 즉각 기술위원회를 소집했다. 이 기술위원회에서 5

월말 FIFA 랭킹을 기준으로 상위 16개 팀과 코트디부아르와 미국, 대한민국을 대륙 안배를 위한 참가팀으로 누리축구단은 주최 측으로 자동 참가하는 안을 통과시켜 온누리배 국제 축구대회를 승인시킬 작정이었다.

그런데 말로는 대륙별 안배지만 실제 대륙별 안배에 속한 나라는 코트디부아르뿐이었고, 미국은 그저 배당금을 늘리기 위한 흥행 수단으로 한국은 최강권의 비위 맞추기용일 따름이었다.

카벨의 의도대로 카벨의 수족과 같은 FIFA 기술위원회에서는 카벨이 제시한 안건을 만장일치로 통과시켰다.

이후에도 카벨의 의도는 크게 빗나가지 않았다.

돈을 한 푼도 들이지 않고 경기에 참가하고, 경기에 참가하기만 하면 일정액 이상의 수입이 생기고, 그 규모가 월드컵보다 최소 두 배 이상이라는데 마다할 나라들은 하나도 없었다. 게다가 예선전 같은 것도 없으니 신경 쓸 일도 별로 없었다.

그저 한 달 정도 합숙하면서 관광한다는 정도로 생각하면 무난할 것 같으니 거절할 이유가 전혀 없었다.

특히 오랜 경기 침체로 인해 경제가 어려워진 유럽 각국의 참가 열의는 뜨거울 정도였다. 이런 사정이 맞물리자 각국 축구협회는 두말하지 않고 승낙 의사를 표시했던 것이다.

카벨은 그걸 기다리기라도 했다는 듯 즉각 언론 플레이를 전개해서 대대적으로 온누리 국제 축구 대회를 선전하기 시작했다.

그 결과 세계 언론사들은 앞다투어 온누리배 국제 축구대회 개막을 보도했다.

임박! 온누리배 국제 축구대회.

'환' 종합 매니지먼트에서 총 상금 2억 달러를 걸고 야심차게 준비한 온누리배 국제 축구대회가 불과 1주일 앞으로 다가왔다.

FIFA와 축구 강대국들의 반발로 한때 무산 위기에 처했던 온누리배 국제 축구대회는 FIFA 랭킹으로 참가팀을 결정한다는 독특한 방식이 해법으로 작용해서 이루어지게 되었다.

이 방식은 그동안 FIFA 랭킹에서 상위에 들었지만

월드컵 예선전에서의 성적의 부진으로 월드컵에 참가하지 못했던 팀들에 열렬한 지지를 받게 되었고 FIFA 역시 FIFA의 권위를 인정한 이 방식에 굳이 반대의 필요성을 느끼지 못해 승낙을 했다.

이렇게 빛을 보게 된 온누리배 국제 축구대회는 이번 대회에서는 FIFA 랭킹 상위 16개 팀과 대륙별 안배 2팀, 그리고 주최국인 한국과 '환' 종합 매니지먼트 소속의 누리축구단, 이렇게 20개 팀이 우승컵의 향방을 겨루게 되었다.

그런데 주최 측에 따르면 차기 대회부터는 이전 대회 우승팀에게 자동 출전권을 주는 것 외에는 무조건 FIFA 랭킹 상위만으로 대회를 개최하겠다고 한다.

……중략…….

특히 FIFA 랭킹 1~4위 팀에게 시드를 배정하고 시드 배정을 받은 팀들이 돌아가면서 자기 조의 속할 팀들을 선택하도록 하였다는 점에서 전혀 새로운 조 편성이라 할 수 있을 것이다.

시드 배정을 받은 팀에 조를 구성할 수 있는 막대한 권한을 준 점과 그만큼 FIFA의 권한을 강화시켰다는 점은 논란의 여지가 있을 수도 있는 방식이다.

그렇지만 FIFA 상위 랭킹의 팀에 막대한 권한을 주어 FIFA 랭킹의 권위를 실어주어 축구 강국들이 그만큼 더 신경을 쓰도록 했다는 점에서는 긍정적인 측면도 없지 않아 있다.

또한 강팀이 초반에 탈락하는 이변을 최소화시켰다는 점에서 우연을 최대한 배제하고 실력 우위의 대회가 될 수 있어 진정한 축구 챔피언을 가리는 경기라고 할 수 있을 것이다.

……중략…….

'환' 종합 매니지먼트가 개최하는 온누리배 국제 축구대회는 월드컵의 최소 2배 이상의 배당금이 주어진다는 점에서 월드컵을 능가하는 대회가 될 수도 있을 전망이다.

미래일보 주문한 기자.

우리나라에서 무슨 행사를 하면 걸고넘어지던 일본 매스컴들은 이번에는 언급할 가치조차 없다는 듯 전혀 보도조차 하지 않았다. 물론 자국이 온누리배 국제 축구대회에서 철저하게 배제되었기 때문이다.

그렇지만 온누리배 국제 축구대회가 개막되기 일주일 전부터는 대회 참가 팀들의 모든 비용을 '환' 종합 매니지먼트에서 부담한다는 것을 지적하며 퍼주기 대회로 세계 축구계를 오염시키려 한다는 식의 보도를 내보내기 시작했다.

또한 우익 매파들도 이에 편승해서 인터넷으로 그룹 '환'의 온누리배 국제 축구대회 개최를 맹렬히 비난하기 시작했다.

Auggra4083······ ; 온누리배 국제 축구대회의 개최는 돈으로 축구계 질서를 어지럽히는 부끄러운 짓이 아닐 수 없다. '환' 종합 매니지먼트는 마땅히 온누리배 국제 축구대회의 개최를 철회해야 한다.

Slrkajf7474······ ; 도대체 누구 발상인지 모르겠다. 조센징들이 언제부터 잘 살게 되었다고 엄청난 돈을 퍼줘 가면서 그딴 대회를 개최한다는 거지? 그렇게 돈이 남아돈다면 차라리 나나 주지. 정말로 거지 같은 세상이야.

Tksekfk5234······ ; 19개국 선수단의 하루 호텔 숙식 비용이 장난이 아닐 텐데 모두가 공짜라니 도대체 왜 그러는 거지? 중계권료를 포함해서 벌어들이는 돈도 모두 배당금으로 나간다며? 헐! 정말 미친 짓거리라고 하지 않을 수 없어. 최강권이라는 인간 그래도 나름 잘보고 있었는데 이번엔 정말 실망이다. 아무리 생각해도 이것은 정말 아니라고.

더 가관인 것은 G, J, D로 대변되는 매국 언론 집단이었다.

이 매국 언론 집단들은 일본의 이런 악의적 인터넷 댓글들을 마치 세계 전체의 여론인양 떠들어 대었다.

이런 부정적인 기사들이 매스컴을 장악하자 최강권에 호의적이던 언론 매체들도 입을 닫을 수밖에 없었다. 겉에서 보기에는 분명 퍼주기 대회로 보였기 때문이다.

최강권과 그룹 '환'에 대한 부정적인 이미지가 매스컴에 도배를 하자 서원명 대통령은 걱정이 되지 않을 수 없었다. 그래서 즉시 최강권에게 전화를 했다.

그것은 자기가 대통령이 되는데 도움을 준 최강권에

게 은혜를 갚는다는 의미에서 나름 노움을 주자는 의
도도 있었고, 다음 선거에서도 든든한 지원 세력으로
삼으려는 이유도 있었다.

최강권의 이미지가 나빠진다면 다음 선거에서 가장
든든한 지원 세력을 잃게 되는 결과를 초래할 것이기
때문이다.

—이봐, 강권이 날세. 그래 잘 도착하셨는가?

"하하하, 정암이 또 무슨 일로 전화를 했는가? 내
가 걱정이 되어서라는 따위의 빤한 거짓말은 사양하겠
네."

—하하, 자네가 그렇게 말하니 말을 하기가 편하구
먼. 이번 온누리배 국제 축구대회에 대해서 말들이 많
네. 도대체 왜 그렇게 하고 있는가?

"역시나 그것 때문에 전화를 했구먼. 자네 벌써부터
다음 선거를 위해서 표 단속을 하고 있는가?"

강권의 뼈 있는 말에 서원명 대통령은 입맛을 다실
수밖에 없었다.

사실 가장 신경이 쓰이는 부분이 그것임을 부인하지
못하기 때문이었다.

서원명의 재선을 위한 가장 큰 힘이 최강권이니 최

강권이 구설수에 올라 큰 타격을 받는다면 연달아 자신도 타격을 받을 것이 자신이었으니까 말이다.

물론 다음 선거가 아직 멀었다고는 하지만 다음 대통령 선거에 호재로 쓰일 수 있다는 것을 부인할 수는 없는 노릇이었다.

정치판에서는 별의별 것을 트집 잡아 상대에게 타격을 주는 일이 비일비재하기 때문이었다.

아무튼 정치판에서는 구설수에 오르지 않는 게 상수였다.

—쩝, 딱히 부인하지는 못하겠네. 하지만 자네가 생각 없이 그렇게 할 리는 없고 뭔가 생각이 있어서 그렇게 했을 텐데 나로서는 도무지 이해가 되지 않아서 궁금하기 짝이 없더란 말일세. 자네가 왜 그렇게 했는지 나에게 대충 알려줄 수 없겠는가?

"하하, 사업을 하다 보면 때로는 퍼줘야 할 때가 있다네. 그리고 마냥 퍼주는 것만은 아니라네. 상금 총액이 2억 달러에 예상 배당금이 대략 3억 달러 정도지만 실제로 내가 쓰는 돈은 2억 달러 정도에 불과하다네. 참가팀에 배당금으로 나갈 3억 달러는 TV 중계 등으로 벌어들이는 수입에서 나가는 것이니까 말이지. 그런데 거기에서 세금이 33%에 해당하니까 대략 1억 5천만 달러는 우리나라 국고로 들어갈 것이고 선수단 숙식 비용 등은 TV 중계료 등에서 빼는 것이니까 그건 퍼주는 것만은 아니라네. 또 대회를 치르면서 '환' 관광에서 벌어들이는 순수입이 엄청 커질 수도 있다는 것을 기대하고 있다네. 그 외에도 대한민국이 최소한 한 달이라는 대회 기간 동안에 전 세계에 노출되는 것만으로도 대한민국이란 브랜드 가치는 엄청 증가하게 될 것이네. 그렇게 따져 보면 실제로 투자하는 돈은 얼마 되지 않는다네. 또 그 돈은 외국으로 나가는 것이 아니라 세금으로 국내에 환수가 되니까 사실상 국부의 유출은 거의 없다고 보면 되네."

―하하하, 그러면 그렇지 자네가 함부로 국부를 유출시킬 리 없지.

"하하, 그건 자네가 나를 잘 봐서 그렇게 생각하는 것이고. 내가 3세계의 빈민들을 위해서 기부하는 기부금은 어떻게 생각하면 아무 대가 없이 그냥 퍼주는 것이네. 물론 그 돈은 전부 선진국으로부터 벌어들이는 수익의 일부를 차지하는 돈이지만 말일세. 그게 작년엔 4, 50억 달러 정도 되고 올해는 아마도 100억 달러가 좀 넘을 것 같네."

　—허어, 정말 그 정도나 되는가? 내가 알기로는 그렇게 기부하는 돈은 그룹 '환'의 전체 순수익의 10% 내외로 알고 있으니 올해 순수익이 1,000억 달러가 넘는다는 말이 아닌가? 한화로 따지면 130조가 넘는다는 말이지. 정말 대단하이.

　서원명 대통령은 감탄사를 연발하다 말을 이었다.

　—사실 그동안 외국의 정상들을 만나서 들었던 얘기들은 우리나라의 기업들이 돈을 엄청 벌어들이면서도 기부는 터무니없이 적게 한다는 것이었다네. 그런데 자네가 재단법인 '홍익인간'을 만들고 기부를 엄청 해대자 그런 말들이 상당히 없어졌네. 물론 우리나라 대기업들도 자네가 하는 행동을 보고 기부가 크게 늘은 것도 사실이지만 말일세. 그런데 그것이 아무것도 아닌 것 같지만 우리나라의 이미지 제고에 기여하는 바가 상당하다네. 그건 그렇고 내가 생각하기에는 자네가 지금 한 말이 꼭 전부가 아니라는 생각이 드는 것은 왜일까?

　"하하하, 예리하기는. 그것을 눈치챘나? 자네도 이제 노련한 정치인이 된 것 같은 좋지 않은 기분이 드는군. 물론 농담이라네. 내 말해주지. 우선 나는 온누리배 국제 축구대회를 기화로 관광 수입을 비약적으로 활성화시키려는 의도가 있다네. 이제 얼마 있으면 평창 동계 올림픽이 열리잖은가? 자네도 알다시피 '회춘일기' 프로젝트와 '얼짱일기' 프로젝트로 강원도가 어느 정도 알려지기는 했네. 그렇지만 그것은 어디까지나 동남아를 비롯해서 아시아권의 일이고 중남미나 유럽 쪽으로는 그렇게 인지도가 없네. 진짜 물주는 어쩌면 그들인데 말이네. 이번 온누리배 국제 축구대회를 기화로 강원도의 절경을 세계에 확실히 인지시킬 것이네. 그리고 싸구려 관광지가 아니라 엘레강스 하고 품위 있는 관광지라는 인식을 심어 놓을 작정이네. 또한 새로 개발한 인조 잔디 설비를 팔아먹으려는 생각도 있고, 인구의 규모에 따라 능동적으로 발전 규모를 설정하는 맞춤형 발전 설비인 '무한력'을 팔아먹으려는 생각도 갖고 있다네."

　—역시 자네로군. 그런데 이해가 되지 않는 점이 있네. 이건 어디까지나 내 기우인데 과연 인조 잔디 설비를 외국에서 사가겠는가?

　"하하, 그렇게 말할 줄 알았네. 하지만 내가 만든

이 인조 잔디 설비는 그런 염려는 전혀 없다고 봐도 좋네. 일반적으로 인조 잔디가 문제가 되는 것은 충진 재로 사용하는 재료가 폐고무를 사용해서 만들기 때문에 인체에 유해하고 또 이 재료들이 열을 흡수해서 화상을 입기 쉽다는 점 등이네. 그런데 내가 만들어낸 인조 잔디는 인체의 성분과 유사한 단백질이라네. 콩과 성분이 똑같다고 보면 될 것일세. 그러니까 인체에 해로울 이유가 전혀 없지. 게다가 천연 잔디보다도 열 반사율이 더 뛰어나다네. 무엇보다 좋은 점은 내구성이 거의 무한대라고 할 수 있고, 관리가 엄청 쉽다는 점이야. 1년에 한두 차례 정도 액체 단백질 섬유를 분사해 주면 끝이니까 말이지. 한마디로 말해서 천연 잔디보다도 질적으로도 훨씬 좋고 유지 비용도 저렴하다고 보면 될 것이네."

─그렇다면 나도 발주하고 싶구먼. 예산만 확보되면 초등학교와 중학교에 시설하고 싶네. 아이들이 튼튼하게 자라야 우리나라 미래가 그만큼 더 밝을 거 아니겠는가?

서원명 대통령의 말에 강권은 빙그레 웃으며 말했다. "하하, 정암이 자네 나를 어떻게 보고 그런 소리를 하는가? 우리나라 미래를 위해서 한다는데 내가 돈을 받을 것 같은가? 당장에 전부는 안 되겠지만 좀 시간이 걸리더라도 내가 전부 무료로 만들어주지. 사실 강원도와 충청도의 일부 학교에서는 벌써 인조 잔디 설비가 끝난 곳도 있다네. 물론 만들어주는 순서는 내 마음대로네. 나는 공무원들이 개입해서 가타부타하는 것이 무척이나 싫다네. 그리고 일부 사립학교에서 돈을 들여서 하겠다면 먼저 설비를 해주는 대신에 수출단가에 준해서 시설비를 받을 생각이네. 물론 외국 출장비 등이 빠지니까 상당히 저렴하겠지만 말이지."

─하하하, 나는 그 말을 기다렸다네. 그렇다고 해서 공짜로 받을 생각은 전혀 없어. 일정 부분 기부로 처리해서 세금 감면 혜택을 주도록 할게.

"자네가 그렇게 해준다면야 사양하지 않을 생각이네."

─그건 그렇고 아까 자네가 말했던 '무한력'이라는 맞춤형의 발전 설비에 대해 엄청 궁금한 점이 많다네. 자네도 알다시피 우리나라는 에너지원을 거의 전량 외국에서 수입하고 있지 않은가? 또 전력소비량이 엄청 늘어나는 추세여서 해마다 발전소를 짓는데 드는 비용

이 장난이 아닐세. 그런데 자네의 기업들이 한전에서 사용하는 전력이 거의 없더란 말일세. 아니, 오히려 남는 전기를 팔아서 한전에서 상당히 돈을 벌고 있더구먼.

"하하, 역시 자네는 못 말리겠구먼. 언제 그걸 조사했나?"

─하하하, 그렇게 말하면 내가 자네 뒷조사나 하고 있는 것 같잖아. 실은 놀이공원하면 엄청 전기를 많이 잡아먹지 않나? 그래서 자네에게 도움을 주려고 비서진에게 자네가 정선에 만든 거 뭐시냐 '라온 판타지 월드'에 이것저것 챙겨주라고 했는데 비서진들이 이구동성으로 자네가 한전에 전기를 공급해서 상당액을 벌어들이고 있다는 말을 하더라고. 그렇게 알게 된 거라네. 그런데 이상한 것은 그렇다고 가스나 석유를 때는 것 같지도 않더란 것이네. 그걸 비추어 볼 때 그 '무한력'이란 맞춤형 발전 설비는 아마 보라매에서 쓰는 방식이 아닐까 하는 생각이 들어서 말이네.

"허, 사람하고는. 아무튼 신경 써주어서 고맙네. 그런데 자네가 나에게 발전 설비에 묻는 것은 정말로 우리나라 전력 공급이 원활하지 못해서인가?"

—그렇다네. 우리나라는 해마다 전력 소모가 20%씩 증가한다고 보면 되네. 그래서 해마다 막대한 돈을 들여서 발전소를 짓고는 있지만 그러면서도 골치 아픈 여러 가지 문제에 직면하고 있다네. 예를 들자면 화력 발전소를 지으면 전기를 생산하는데 싸게 먹히기는 하지만 환경 문제와 연료 공급 문제가 겹치고, 원자력 발전소 건설은 주변의 주민들 반대가 엄청 심하다네. 수력 발전소나 태양광 발전 역시 각기 특유의 문제점이 있다네. 어디 그것뿐인가? 송전 설비를 건설하는데 드는 비용이나 토지 문제도 만만치가 않다네. 그런데 자네가 만든 전력 설비에는 전혀 그런 점이 없는 것 같더란 말이지. 그래서 그 문제 대해서 좀 상의하고 싶었네.

강권은 서원명 대통령의 어투가 마치 발전 설비도 공짜로 해달라고 그러는 것 같아 기분이 묘해졌다. 그렇지만 한전은 공기업이긴 하지만 옛날처럼 국가 소유가 아니고 주주들의 소유이니 공짜로 주기는 싫었다.

'에효, 어떻게 해야 하나? 우리나라 공기업을 상대로 폭리를 취할 수도 없고, 그렇다고 공짜로 해줄 수도 없으니…… 에이 모르겠다. 나는 어차피 장사꾼이

니 제 값을 받고 팔면 되는 거 아냐? 아! 그러면 되겠군.'

반짝 아이디어가 떠오른 강권은 서원명 대통령에게 말했다.

"자네가 그렇게 말하니 나도 내 생각을 말하겠네. 다른 나라에 납품하는 단가는 KW당 1만 달러를 생각하고 있지만 한전에는 특별히 KW당 1,000달러 꼴로 납품하겠네. 예를 들면 1만 KW급 발전 설비를 1,000만 달러에 납품하겠다는 말이네. 대신에 대금 지불은 정부나 기타 공공기관에서 보유하고 있는 한전 주식으로 주었으면 하네. 자네도 나름 조사해서 알겠지만 내가 만드는 발전 설비 '무한력'은 주택가 한복판에 세워도 아무 문제가 없을 정도로 소음이나 기타 공해가 전혀 없네. 고압 송전탑이니 이런 설비는 전혀 필요 없다는 말이네. 또한 내구 연한이 최소로 잡아도 50년 정도는 되네. 즉, 한번 설치했다 하면 최소한 50년 동안은 거의 돈 들어갈 일이 없다는 말이네. 연료가 들어가지 않지, 유지보수 비용이 거의 필요 없지, 게다가 전기가 필요한 곳에서 전기를 만들어낼 수 있다네. 이 정도면 가히 꿈의 발전소가 아니겠는가?"

―알겠네. 내일 당장 전문가를 보내겠으니 발전소에 대해서 설명해 줄 수 있겠나?

"그거야 어렵지 않네."

강권은 여기까지 말하고는 뭔가 생각이 났는지 장황하게 말을 이어갔다.

"흠, 내 제품에 대한 자랑이 아니네만 KW당 1만 달러로 상당히 비싼 편에 속하지만 유지보수 비용이라든가, 고압 송전 설비가 전혀 필요 없다는 점에서 보면 대단히 싸게 먹히는 것이라네. 또 지금 지어져 있는 관공서의 옥상이나 공터를 사용하면 되니까 따로 발전소를 만들 장소도 필요하지 않아. 그게 마땅치 않다면 새로 짓는 건물의 옥상을 장기적으로 빌리는 방법도 있을 것이고."

―자네 금방 KW당 1,000달러에 납품하겠다고 하지 않았나?

"흠흠, 물론 그거야 자네와 단둘이 하는 말이고, 정식 계약을 하게 되면 감사원이라든가, 국회의 간섭을 받을 거란 말이지. 그러니까 '무한력' 납품 대가인 주식을 시장 값으로 계산해서 줄 것이니 나도 '무한력'을 시장 값으로 납품하겠다는 얘기지. 또 한전이 공기

업이긴 해도 엄연히 국가 재산이 아니고 주주들 소유
이니 내가 굳이 손해 보면서 싸게 줄 필요도 없고 말
이야. 다만 한전에서 발전소를 짓는데 현찰을 지불하
지 않으니 좋은 게 좋은 거 아니겠는가? 엄밀히 얘기
하면 무기한 외상으로 발전소를 지어주는 것이나 다름
이 없네. 그럼 KW당 1,000달러에 납품하는 것이랑
거의 다를 게 없을 거란 말이지. 큼큼. 거의 공짜나
다름이 없다는 말이네. 이렇게만 해도 정부에서는 발
전소를 짓는데 따로 막대한 예산을 쓰지 않으니까 다
른 급한 곳에 예산을 전용할 수 있지 않겠는가. 게다
가 발전소를 지으려면 여러 가지 골치 아픈 문제들이
생길 텐데 '무한력'을 사용하면 이런 골치 아픈 문제
들을 한 방에 몽땅 해결이 되니까 얼마나 좋은가?"

서원명 대통령은 강권의 의도가 무엇인지 대충 알
것 같았다.

내가 싸게 줄 테니까 너도 한전 주식을 넘길 때 시
장 가격으로 넘기지 말라는 의미일 것이다. 결국 서원
명 대통령은 강권의 말에 수긍을 할 수밖에 없었다.

해마다 발전소를 건설하는 문제는 정부의 골칫거리
가운데 하나인데 강권이 엄청 좋은 조건으로 이 문제

를 해결해 주려고 한다는 것을 알 수 있었기 때문이다.

사실 거의 무기한 외상으로 발전 설비를 납품해 주겠다는 것만 해도 상당히 좋은 조건이 아닐 수 없는 것이다. 서원명 대통령이 강권에게 전화를 한 가장 큰 이유도 사실 이것이었다.

전문가들에게 강권이 사용하고 있는 '무한력'이란 발전 설비에 대해서 알아보라고 한 결과 '무한력'가 엄청 매력적인 발전 설비라는 걸 알 수 있었다.

보고서에 따르면 어지간한 소도시에서 쓰는 전력보다 많은 전력을 소비하는 놀이공원에서 자체적으로 만든 방 하나 크기의 조그만 발전 설비로 전력을 공급하고 있었다.

어지간한 건물 두세 개는 합쳐야 될 정도의 발전소에서 생산해야 할 전력을 두세 평 크기의 발전 설비로 감당할 수 있다니…….

정말 놀라운 일이 아닐 수 없었다.

그뿐이 아니고 그룹 '환'의 호텔들이나 온누리배 국제 축구대회가 열리는 경기장에서도 모두 자체적으로 발전 설비들을 가동하고 있었다.

어느 학자는 20세기까지의 패러다임이 소품종 대량 생산이었다면 이후의 패러다임은 다품종 소량 생산이 될 거라고 했다. 철저하게 소비자의 기호에 맞는 물건을 생산한다는 의미일 것이다.

꼭 그런 의미는 아니더라도 '무한력'은 그런 패러다임의 충분히 매력적인 상품임에 틀림없었다.

서원명 대통령의 뇌리에 보고서에서 본 '무한력'이 주는 매력 몇 가지가 스치듯이 다시 떠올랐다.

우선 '무한력'을 사용하면 발전소를 건설하는데 가장 골칫거리가 되는 부지 문제가 절로 해결될 수 있다는 점이다.

사실 발전소를 지으려면 부지를 확보해야 하는데 이 부지 확보는 무진장 애를 먹게 만드는 문제였다.

어디 발전소 부지뿐인가? 생산지인 발전소에서 소비지인 가계나 공장까지 전기를 공급하는 고압 송전 설비를 해야 하는데 이게 또 보통 골치 아픈 문제가 아니었다.

고압선이 지나가면 고압선 아래의 토지는 특별한 손해로 간주해서 보상도 해주어야 하고 송전탑 시설이라든지, 고압선의 유지보수 비용도 장난이 아니다.

그런데 생산지와 소비지가 가까우면 고압 송전 설비는 전혀 필요가 없다. 또 송전을 하는데 소비되는 전력도 상대적으로 작고 고압선으로 인한 피해도 줄일 수 있다. 물류로 말하자면 유통비가 거의 들지 않는 획기적인 판매가 이루어질 수 있는 것이다.

게다가 송전 설비를 설치하기 위해 사용하는 토지를 다른 용도로 사용할 수도 있다.

이것은 비단 송전 설비를 설치하기 위한 토지 문제만은 아니었다.

고압선의 자기장으로 인해서 인체의 생체리듬이 깨지고 세포 내의 전해질 등을 마구 교란시켜 발생하는 피해 때문에 일정한 이격거리를 두어야 하는데 이것 또한 결코 무시할 수 없었다.

둘째로 태양광 발전이나 풍력 발전처럼 자연력을 그대로 연료로 사용하는 것이어서 설치만 하면 공짜로 전기를 생산할 수 있다는 점에서 엄청 매력적이다.

따라서 '무한력'을 사용하려면 초기 자본이 비싸게 먹히기는 하겠지만 이게 무기한 외상이나 마찬가지고 이후에는 거의 돈이 들어가지 않으니 훨씬 경제적이라고 할 수 있을 것이다.

셋째로 각 자치 지역의 실정에 맞는 발전 시설을 할 수 있다.

또 발전 설비를 설치하는 것과 이동시키는 것이 자유롭기 때문에 발전 설비의 과잉을 전혀 걱정할 필요가 없다.

여기까지 떠올린 서원명 대통령은 분명 장점이 많다는 것을 알면서도 강권에게는 짐짓 항의조로 말했다.

─자네 말은 이해가 가네. 그런데 문제는 한전이 국가의 중추에 해당하는 공기업이라는 점이야. '주주가 누구냐?' 는 것과 '주식 변동이 어떻게 되느냐?' 는 것은 굉장히 민감한 문제가 아닐 수 없다네.

"물론 그렇겠지. 그렇지만 그 문제는 내가 한전 주식을 보유하되 30년 동안 팔지 않겠다는 약속을 하고 그 기간 안에 팔게 된다면 국가에 우선적으로 팔겠다고 약속을 하면 되는 것으로 해결되지 않겠는가?"

─그럼 큰 문제는 없겠지만…… 자세한 것은 내가 실사단을 파견할 테니까 그들과 논의하도록 하게.

"알겠네. 내가 담당자에게 얘기해 두도록 하겠네."

강권의 대수롭지 않은 대답에 서원명 대통령도 더

이상 왈가왈부할 수 없었다.

그렇지만 그룹 '환'이 만든 발전 설비는 긍정적인 면만 있는 것은 아니었다.

발전 설비가 워낙 시대를 앞서가다 보니 이에 저항하는 세력이 있을 것이다.

특히 20C 중반 이후부터 세계 경제의 동력원으로 작용하는 석유 생산국들의 저항을 무시할 수만은 없을 것이라는 게 전문가들의 판단이었다.

왜냐하면 그룹 '환'이 만든 발전 설비는 세계 동력의 70~80%를 차지하고 있는 석유 수요를 상당 부분 대체하는 역할을 할 것이기 때문이었다.

서원명 대통령도 그 문제가 마음에 걸렸다. 비록 강권이 그렇지 않다고 했지만 '보라매'란 혁신적인 교통 수단을 만들었으면서도 상용화를 하지 못한 것도 산유국들과 다국적 기업들의 압력 때문이 아니겠느냐는 게 전문가들의 얘기가 아니었던가?

여기에 생각이 미치자 서원명 대통령은 조심스럽게 이 문제를 언급했다.

—그런데 말이야. 자네의 그 발전 설비가 문제의 소지는 없는가?

"하하, 무슨 문제 말인가?"

강권의 너무 태평스런 대답에 서원명 대통령은 강권이 산유국들과 다국적 기업들이 걸고넘어지는 걸 간과한 것이 아닌가 걱정이 되었다.

—그 발전 설비가 혹시 문제의 소지가 되지 않겠느냐는 말이지.

"아하, 그거? 그 문제라면 너무 걱정 말게. 사지 않겠다면 안 팔면 되니까."

—휴우, 그게 아니고 산유국들과 다국적 기업들이 그 발전 설비에 대해서 걸고넘어지지 않겠느냐는 말일세.

"하하하, 시비를 걸겠다면 내가 오히려 고맙다고 해야겠지. 그렇지 않아도 손을 봐줄까 말까 하던 참이었으니. 그러니까 자네는 거기에 대해서는 조금도 걱정하지 말고 조만간 있을 통일 이후의 문제나 신경 쓰도록 하게. 특히 우리나라 전 국토의 균형적인 발전과 과다한 빈부의 차이 해소는 꼭 신경 써야 할 문제라네."

—……

서원명 대통령은 강권의 말에서 묘한 대목을 느꼈다.

'이 친구가 하는 말로는 이번 내 대통령 임기나 다음번 임기 내에 통일이 이루어지는 것처럼 말하고 있잖아? 정말 그렇게 될까?'

이런 서원명 대통령의 내심을 읽기라도 했다는 듯 강권은 빙그레 웃으며 말을 이어 갔다.

"자네는 잘 모르겠지만 사람에게 길흉화복이 있듯이 나라에도 흥망성쇠라는 것이 있다네. 원래대로라면 자네 임기 내에 통일이 되는 게 맞네. 아니, 원래대로라면 쪽바리들에게 나라를 빼앗기는 일도 없었을 것이고 우리나라가 둘로 갈라질 이유도 없었겠지. 그런데 쪽바리들이 임진왜란 때 우리나라의 지맥에 쇠말뚝을 박으면서 우리나라의 복을 빼앗아가 우리나라보다 먼저 개항을 하게 되었어. 그렇게 남의 복을 빼앗아 갔던 결과가 어땠나? 원자폭탄 두 방 얻어맞고 미국에 무조건 항복을 하지 않았나? 그게 인과응보라는 것일세. 쪽바리놈들의 해적 근성은 일제 때도 계속 이어졌네. 우리나라 곳곳에 임진왜란 때보다 더 조직적이고 광범위하게 쇠말뚝을 박아놓은 것이지. 그 결과로 한때 세계 제일의 기술 강국으로 되기는 했지만 그에 대한 인과응보는 20년 이내 나타날 것이네. 그 인과응

보는 일본 열도 대부분이 바다 속으로 가라앉는 비참함으로 나타날 것이란 말이네."

—그게 정말인가? 그럼 우리나라는?

"하하, 지금 한류로 나타나고 있지 않은가? 한류는 대환제국(大桓帝國)이란 거대한 구조물을 만드는 기공식(起工式)에 테이프를 끊는 정도라면 무슨 의미인지 대충 감이 오겠지? 앞으로 세계의 주도국은 미국도 중국도 아닐세. 바로 우리나라일세. 그것도 천년 이상 지속이 될 것이고 세계 문화의 종주국으로 삼천 년 이상 영향력을 발휘할 걸세. 자네는 그 밑바탕을 다지는 역할을 할 것이고. 그러니까 자네는 재세이화(在世理化), 광명천지(光明天地), 홍익인간(弘益人間)의 우리민족의 건국이념을 어떻게 세계에 나타낼 것인지만 신경을 쓰도록 하게. 우리 국토의 균형적인 발전과 빈부 격차의 해소가 그 기본이 된다는 것만 명심하도록 하게."

—우리나라가 정말 세계 주도국이 된다는 말인가? 아직 미국이나 중국에 비하면 우리 국력은 터무니없이 약하다는 것은 자네도 알고 있지 않은가?

"조만간 나타나겠지만 미국은 자국 문제만으로도

골머리를 앓을 걸세. 또 중국? 걔들이야 항상 그렇지만 그 땅은 분열의 땅일세. 내가 개입해서 분열의 가속화를 하려고 했지만 천기를 보니 굳이 그러지 않아도 되겠다는 생각이 들었네. 자연 그대로가 좋다는 말이 있는 것처럼 내가 개입을 하는 것 자체가 우리나라의 영화를 좀 먹는 게 될 것이란 결론을 얻었네. 결론적으로 나는 시비를 걸지 않으면 세류가 흘러가는 대로 가만히 놔두려 한다네. 그렇지만 시비를 걸려고 한다면 뜨거운 맛이 어떻다는 것을 제대로 보여주겠네."

서원명 대통령은 강권의 그 근거를 알 수 없는 자존망대한 말에 할 말을 잊어버렸다. 자신은 도저히 생각조차 할 수 없었던 일이었기 때문이다.

그 결과 한참 동안의 정적이 감돌았다. 한참 후에야 서원명 대통령은 그 정적으로 인해서 야기된 어색해진 상황을 깨뜨리기 위해서 뜬금없는 말을 했다.

―큼큼, '라온 판타지 월드'라는 자네 놀이 공원 말일세. 라온이란 말을 어디서 들어본 것은 같은데 도무지 생각이 나지 않아서 그런데 혹시 그 말이 무슨 뜻인가? 아까부터 궁금해서 죽는 줄 알았네.

"하하하, 이 친구 하고는, 라온이란 말은 '기쁜',

'즐거운'이란 의미를 갖고 있는 순수한 우리나라 말일세. 예를 들어 라온제나 하면 '기쁜 우리'라는 뜻이고 라온하제는 즐거운 내일이라는 의미를 갖고 있다네."

—하하, 잘 알았네. 그런데 어떻게 된 게 자넨 모르는 게 없나?

"에이, 이 친구 하고는 뭔 그런 영양가 없는 말을 하고 그러나? 됐네. 이 사람아."

다음 날 강권을 찾은 전문가 허인혁 박사는 '무한력'에 대해서 설명을 듣고는 전자신문과 인터뷰를 했다.

허인혁 박사는 인터뷰에서 그룹 '환'의 발전 설비를 '꿈의 발전소'라고 명명했다.

이 인터뷰에 자극을 받은 전자신문은 즉각 그룹 '환'을 방문해서 '무한력'의 요모조모를 취재했다.

그룹 '환'으로서도 어차피 매스컴을 이용할 필요가 있었기 때문에 발전 설비에 대해서 최대한 많은 정보를 제공했다.

이른바 누이 좋고 매부 좋은 격이었다.

그룹 '환' 꿈의 발전소를 만들어내다.

그룹 '환'의 첨단 기술팀은 접근성이 뛰어나고 유지보수 비용이 매우 저렴한 최첨단 발전 설비를 만들어냈고 이미 발전 설비를 가동하고 있다고 밝혔다.

온누리배 국제 축구대회장으로 사용될 강릉, 영월, 평창, 정선에 있는 축구 경기장들과 그 인근에 지어진 그룹 '환' 소유의 호텔과 비행장, 라온 판타지 월드 등은 모두 이 발전 설비를 가동하면서 얻은 전기를 이용하고 있다는 것이다.

선임연구원 주경철 박사의 말에 따르면 최첨단 발전 설비인 '무한력'은 장소에 구애받지 않고 주택을 지을 수 있는 곳이면 어떤 곳에서도 발전 설비를 지을 수 있다고 했다.

이 말의 의미는 '무한력'은 공해와 소음이 전혀 없어 주택가에서 설치할 수 있고, 용량도 자유자재로 설계할 수 있어 획기적인 발전이 가능하다는 것이다.

······중략······.

이 '무한력'의 또 다른 장점은 기존 건물에도 설치

가 가능해서 따로 발전소 건물을 지을 필요가 없다는 점이다.

전력의 수요가 있는 도시 한가운데에 발전소를 설치한다면 전력을 공급하기 위해서 따로 고압의 송전 설비를 만들 필요가 없기 때문에 국토의 효율적인 관리에도 매우 유용한 설비가 아닐 수 없다.

게다가 한 번 건설하면 50여 년 동안 유지보수를 할 필요가 없고, 연료 또한 대기 중에 무한정 있는 질소를 사용하는 것이어서 연료비 걱정이 전혀 없다고 한다.

더욱 흥미로운 점은 '무한력'의 건설 비용이 KW당 1,000달러 정도로 다른 발전소 건설 비용보다 훨씬 저렴하다는 데 있다.

그룹 '환'은 향후 '무한력' 시장의 규모를 대략 1조 달러라고 예상하고 있다.

이것은 전부 그룹 '환'의 시장이라고 할 수 있다는 점에서 국익에 엄청 도움이 될 전망이다.

전자신문 유익환 기자.

전자신문에서 발전 설비 '무한력'을 보도했다면 홍익신문은 인조 잔디인 '늘푸른'에 대해서 집중 보도를 했다.

천연 잔디보다 나은 인조 잔디 '늘푸른'

그룹 '환'의 생활경제 연구소에서는 천연 잔디보다 유용하게 쓰일 수 있는 인조 잔디 '늘푸른'을 개발해서 실생활에 쓰고 있다고 한다.

이 '늘푸른'은 기존의 인조 잔디에서 충전재로 쓰이는 폐고무를 사용하는 대신에 인체의 단백질과 거의 유사한 단백질 섬유를 사용해서 인조 잔디를 만든다고 한다. '늘푸른'의 장점은 인체에 전혀 해가 없고 또한 천연 잔디처럼 열을 분산시키기 때문에 물을 뿌릴 필요도 없다는 데 있다.

또한 경기장을 건설할 때 '늘푸른'의 지하에 집수정을 설치한다면 빗물을 이용할 수도 있어 건기와 우기가 뚜렷한 사바나 지역은 물론이고 사막 지역에도 인조 잔디 구장을 시설할 수 있다는 강점을 갖고 있다.

......중략......

그룹 '환'에서는 국가의 미래인 어린이들의 건강 증진을 위하여 초, 중등학교에 무료로 '늘푸른'을 보급한다는 장기적인 계획 아래 강원도와 충청도 일대의 초, 중등학교를 우선적으로 '늘푸른'을 설치하고 있다.

홍익신문 전설우 기자.

전자신문과 홍익신문에 보도된 발전 설비 '무한력'과 인조 잔디 '늘푸른'은 공중파를 타고 이내 외국으로 전파되었고, 무려 1,350억 달러의 계약을 맺을 수 있었다.

그런데 이 1,350억 달러 중에서 90% 이상이 순이익이라는 것은 강권 외에는 아무도 알지 못했다.

제2장
'뮤즈 걸스'의 후계 찾기 오디션

KM엔터테인먼트 고수원 회장은 강권으로부터 '뮤
즈 걸스'로 하여금 자신들의 후계자들을 직접 뽑고 가
르치게 하라는 말을 들었을 때 알 수 없는 전율을 느
꼈다.

멤버들이 대부분 20대 중반에 접근하고 있다는 것
은 아이돌 그룹인 '뮤즈 걸스'의 한계가 그만큼 가까
워졌다는 것이나 다름이 없었다.

이러한 점은 KM엔터테인먼트사의 경영진들 역시
잘 알고 있었지만 그 해법을 찾을 수 없었는데 강권의
이 말이 해법처럼 들렸기 때문이다.

그래서 곧장 KM엔터테인먼트사의 이사들에게 전화해서 귀국과 동시에 '뮤즈 걸스' 멤버들이 직접 심사해서 자기들 후계자를 뽑는 공개 오디션을 진행하도록 지시했다.

응모 자격은 만 13세부터 18세까지의 걸 그룹 멤버를 꿈꾸는 모든 여성으로 '뮤즈 걸스'의 차기 멤버가 되고 싶은 사람이면 적당할 것 같았다.

그 이유는 '뮤즈 걸스'가 나름 톱클래스를 유지하며 활동할 수 있는 기한을 2~3년이라고 보았을 때 나이가 너무 어려도 안 되고 너무 많아도 의미가 없기 때문이다.

또한 걸그룹이 되는 과정이 엄청 힘이 들기 때문에 스스로 원하지 않으면 짧은 기간 내에 팬들을 만족시킬 수 있는 실력을 쌓기가 힘들다. 따라서 자의로 걸그룹이 되겠다는 의지가 있어야 하기 때문이다.

응모 방법은 자신의 장기를 담은 동영상이나 CD를 KM엔터테인먼트나 KM엔터테인먼트 각 지사로 제출하는 것이었다.

'뮤즈 걸스' 멤버들이 직접 뽑고 가르친다는 단 한 차례의 광고가 나갔을 뿐인데 오디션 문의로 KM엔터

테인먼트 홈페이지의 서버는 이미 작동 불능이 되어
버렸다.

이미 세계적인 걸 그룹으로 우뚝 솟은 '뮤즈 걸스'
의 뒤를 잇는다는 것은 연예인 지망생들에게는 로또를
맞는 것이나 다름이 없었다.

'뮤즈 걸스'가 세계적인 걸 그룹이고 또한 K—
Pop의 열기가 세계적이다 보니 전 세계에서 응모하
려고 난리가 아니었기 때문이다.

예상치 못한 엄청난 호응에 KM엔터테인먼트는 부
랴부랴 서버를 증설하는 우여곡절을 거친 끝에 한 달
동안 오디션 응모를 받았는데 응모자는 전 세계 78개
국에서 무려 10만 명이 넘는 인원이 접수했다.

응모 결격 사유에 해당되거나 응모 기간을 넘겨서
접수한 것도 무려 5만에 가까운 것을 포함시키면 사
실상 세계는 제2의 '뮤즈 걸스' 뽑기 오디션 열풍에
휩싸였다고 봐도 과언이 아니었다.

게다가 우리나라 아이들의 응모가 불과 2만 명 내
외임을 감안한다면 실로 제2 '뮤즈 걸스' 뽑기 오디
션 열풍은 단지 열풍이 아니라 한류의 A급 태풍이라
고 해도 과언이 아니었다.

알음알음으로 연습생들을 받아들여 '뮤즈 걸스'를 만들었는데 '뮤즈 걸스'가 만들어진지 10년도 안 된 사이에 '뮤즈 걸스'가 되겠다고 전 세계에서 난리가 아니니 금석지감이 들지 않을 수 없었다.

결국 정상적인 오디션을 보지 못하고 날림으로 KM엔터테인먼트 직원들과 알바를 동원해서 CD와 동영상을 보고 용모 위주로 1만 명을 뽑을 수밖에 없었다.

1만 명이나 뽑은 것은 2기 '뮤즈 걸즈' 멤버들 외에 다른 걸 그룹도 만들려는 욕심이 작용했기 때문이다. 이것은 KM엔터테인먼트의 현지화 전략에 기인한 것이었다.

순수하게 내국인만으로 이루어진 걸 그룹보다 미국은 미국인으로 유럽은 유럽인으로 남미는 남미인으로 걸 그룹을 만들어 공략하겠다는 의도였다.

뮤지션들에게 인종차별이 없는 것 같지만 실상은 전혀 그렇지 않았다.

일례를 들어 빌보드 차트만 해도 동양인들에게는 넘사벽이나 마찬가지였다.

Dr. Seer란 존재 외에는 빌보드 차트의 정상에 서본 동양인들이 없다.

한류의 열풍이 거세지자 빌보드 차트 관계자들은 K—Pop 차트를 따로 만들어 마이너 리그쯤으로 격하시켜 다루었다.

기어오르는 것을 미리 차단시켜 버리겠다는 의도이리라.

이에 대해서 KM엔터테인먼트에서는 먼저 KM의 브랜드 가치를 높이는 전략을 택했다. 미국인들로 걸그룹을 만들되 KM 상표를 달겠다는 전략이 바로 현지화의 전략이었다.

명품이 되려면 일단은 사람들의 눈에 많이 띄어야 하고 많이 소비해야 한다. 거기에 브랜드 가치와 세월의 무게를 덧붙이면 바로 명품이 만들어질 수 있다는 것이다.

그런데 원래 KM엔터테인먼트에서는 1차 합격한 이들을 '뮤즈 걸스' 멤버들이 직접 심사해서 제2기 '뮤즈 걸스'를 뽑겠다는 것이었는데 1만 명씩이나 되다 보니까 당사자들인 '뮤즈 걸스' 멤버들은 도저히 엄두가 나지 않았다.

하루에 1,000명씩 심사를 해도 무려 열흘이나 걸리니 어떻게 제대로 된 심사가 이루어지겠는가?

너무 어이없는 사태에 직면하자 '뮤즈 걸스' 멤버들은 회의를 열고 이 사태를 해결할 방안을 찾았다.

머리를 맞대고 중지를 모았지만 고만고만한 의견만 나올 뿐 뚜렷한 해결책을 찾아내지 못했다. 사정이 이쯤 되자 나오는 건 한숨밖에 없었다.

"휴우, 어떡하면 좋지? 하루에 1,000명씩 오디션을 본다고 해도 꼬박 열흘은 오디션을 봐야 한다는 거잖아?"

"휴우, 그러게 말이야. 이 멍텅구리, 해삼, 말미잘 같은 이사 오빠 때문에 이게 다 뭐야? 거의 두 달 동안 고생고생하고 귀국하자마자 고민 보따리를 끌어안고 한숨이나 짓고 있으니 말이야."

"아! 맞다. 그래 수형 언니, 바로 그거야. 이사 오빠가 문제를 냈으니 이사 오빠가 해결 방법도 알 거 아냐?"

막내 지현의 말에 '뮤즈 걸스' 멤버들의 눈들이 반짝였다. 결자해지(結者解之)는 만고의 진리가 아니던가. 리더 태란은 이를 즉각 행동으로 옮겼다.

"어! 그래. 맞아. 우리 막내 머리 좋은데? 수형이가 이사 오빠와 가장 가깝지? 얼릉 이사 오빠에게 전화를 해서 방법을 물어봐."

"태란아, 이사 오빠에게 전화해서 방법을 물어보라고?"

"그래. 이사 오빠라면 분명 좋은 수가 있을 거야."

"그럴까? 알았어. 내가 전화해 볼게."

수형이는 그럴듯하게 생각이 되어져 즉시 강권에게 전화를 했다.

"여보세요. 최강권 씨 핸드폰이죠?"

―아! 그래. 나다. 수형아! 무슨 일로 전화를 한 거냐?

"이씨, 이사 오라방, 이사 오라방 때문에 우리 난리 났는데 오라방은 태연하게 무슨 일로 전화를 한 거냐고 그렇게 물음 어떡해요?"

―허어, 그렇게 말하면 내가 어떻게 알아들어? 자초지종을 말해봐.

"이사 오라방이 우리 보고 2대 '뮤즈 걸스' 멤버들을 뽑으라고 했잖아? 그런데 무려 10만 명이 넘게 오디션에 응모했어. 그래서 어찌어찌 경우 1차 합격자로 1만 명을 뽑았는데 그래도 너무 많아 최종 합격자를 어떻게 뽑아야 좋을지 모르겠어. 도대체 어떻게 하면 좋으냐고?"

—그래? 그랬구나. 어떻게 응모를 하게 했는데?

수형이는 자기들은 애가 타는데 너무 태연하게 대거리하는 강권에게 서운한 감정이 생겨 순간 울컥해졌다.

"이 멍게 말미잘 같은 이사 오라방아! 남의 일이라고 그렇게 건성건성 지나가려고 하지? 우리가 겨우 이 정도 사이밖에 안 돼?"

—하하하, 수형아, 그럼 우리가 어떤 사인데? 나는 너희 '뮤즈 걸스'의 참치셔틀에다 꽃등심셔틀에 불과하잖아. 안 그러니?

"이익! 이 멍게, 해삼, 말미잘 오라방아! 우리 정말 급하다니까? 당장에 내일모레면 오디션을 해야 하는데 어떻게 좀 수를 써보라고."

—하하하, 알았다. 수형아, 어떻게 오디션 응모를 받았는지 알아야 내가 무슨 수를 쓰던지 하지. 안 그러냐?

"아! 그거였어? 그러니까 자기 장기를 동영상이나 CD로 보내라고 했어. 우리 창고에 CD가 가득이고,

우리 회사 홈페이지에는 동영상이 잔뜩이야."

　—그래? 내가 그것 좀 볼 수 있을까?

　"이미 1차 합격자들은 정했으니 폐기처분하지나 않았는지 모르겠네? 조그만 기다려 봐. 내가 금방 알아보고 알려줄게."

　수형은 강권의 대답도 듣지 않고 막내 지현에게 동영상과 CD가 어떻게 되었는지 물었다.

　"언니, 그거 있잖아. 내일 전부 삭제하거나 버린다고 하던데?"

　"그럼 아직은 우리 회사에 있는 거네."

　"모르겠어. 아마 동영상은 아직 홈페이지에 있고, CD는 창고에 있을 거야."

　"알았어. 내가 이사 오빠에게 말해줄게."

　수형은 지현에게 이렇게 말하고는 강권에게 말했다.

　"이사 오빠, 이사 오빠도 들었지? 아직 회사 창고에 있다는데?"

　—알았어. 내가 30분 정도 있다 갈 테니까 창고에 있는 응모 CD를 전부 옥상에 올려놓으라고 해줘. 알겠지?

　"으응, 그런데 이사 오빠는 지금 어디에 있어?"

─나? 나야 지금 정선에 있어. 얼마 있으면 우리 '환' 종합 매니지먼트가 주최하는 온누리배 국제 축구대회가 열리잖아. 나도 그거 때문에 정신없이 일하다 이제야 겨우 짬이 나서 쉬고 있던 중이었어. 지금 출발할 테니까 30분 후에 보자.

"으응, 알았떠. 이짜 옵빠, 그럼 30분 후에 보우아요."

수형은 강권이 쉬지도 않고 곧장 온다고 말하자 기분이 좀 풀렸는지 느끼한 멘트로 마무리를 하는 것이었다.

"수형이 언니, 이사 오빠 지금 어디에 있대?"

"응, 윤이야, 이사 오빠는 오빠네 회사에서 주최하는 온누리배 국제 축구대회 때문에 지금 정선에 있다는데? 근데 정선이 어디 있는 거야?"

"수형이 언니, 카지노가 있는 정선 몰라요? 정선? 뉴스에서도 이번에 온누리배 국제 축구대회는 강원도의 강릉, 평창, 정선, 영월 이렇게 네 곳에서만 열린다고 그랬잖아."

수형도 그런 말을 들은 것도 같았지만 거기에 대해서는 더 이상 말할 기분이 나지 않았다. 이럴 때는 그냥 자기 말만 하는 수형이었다.

"지현아, 됐고. 정선에서 30분 안에 여기 올 수 있는 거냐?"

"아마 거의 불가능할 걸요? 그렇지만 이사 오빠라면 또 모르지요?"

"그렇지?"

수형이는 지현의 말이 길어질 것 같아 대충 이렇게 대꾸하고는 나머지 멤버들에게 말했다.

"얘들아, 이사 오빠가 30분 안에 온다고 창고에 있는 오디션 응모 CD를 전부 옥상에 올려놓으라고 했거든. 다들 어쩔 거니?"

"언니, 그게 무슨 의미가 있을까요? 설령 이사 오빠가 CD와 동영상을 갖고 간다고 해도 12만 개나 되는 CD와 3만 건이 넘는 동영상을 갖고 가서 어떻게 하겠어요? 날짜가 많은 것도 아니고 오디션 날짜가 모레부터잖아요. 그 많은 것들을 하루 사이에 다 보고 들을 수 있을 것 같아요?"

막내 지현이의 대꾸에 다른 멤버들도 다들 지현이의 말에 찬성하는 분위기였다.

오디션 응모자수는 10만 명이지만 응모 기한이 지

났거나 응모 자격에 미달한 사람도 CD와 동영상을 보내 총 15만 건에 육박했던 것이다.

동영상보다 CD가 월등하게 많은 것은 접속자 수가 많아 동영상을 올리는데 시간이 많이 걸리자 동영상을 CD로 구워 보냈기 때문이다.

다른 멤버들의 회의적인 반응과는 달리 그동안 강권에게 얻어먹은 게 많은 윤이와 수형은 강권에 대한 무한신뢰를 보여주며 막무가내로 멤버들을 몰아붙였다.

먹은 게 무섭기는 무서운 모양이었다.

"지현아, 네가 이사 오빠에 대해서 뭘 안다고 그러냐? 나는 이사 오빠에게 분명히 뭔가 수가 있을 것이라고 생각하거든."

"맞아. 나도 윤이 말에 찬성해. 이사 오빠의 사회적 지위를 봐서라도 이사 오빠가 자기가 책임지지 못할 일이었다면 그렇게 장담하지는 않았을 거야. 그러니까 일단 창고에 있는 CD부터 옥상에 올려놓기로 하자고."

"……."

'이사 오빠가 자기가 책임진다고 했나?'

'뮤즈 걸스'의 3대 초딩 중 둘이서 이렇게 설쳐 대

자 나머지 멤버들은 이사님이 그랬나? 하는 의구심을 가지면서도 수형이와 윤이의 책동에 휩쓸리게 되었다.

세 초딩 중 나머지 한 명인 요연이까지 가세해 버린다면 그 다음에는 일이 어떻게 돌아가는지 아무도 장담할 수 없는 것도 한몫을 차지했다.

요연이가 나서기 전에 미리 끼어들 틈을 주지 않는 게 상수였기 때문이다.

'뮤즈 걸스' 멤버들이 창고에 있는 CD를 옥상에 올리는 것을 본 매니저들과 코디, 연습생들이 합류했고 소속 연예인들은 물론이고 심지어는 직원과 이사들까지 자세한 영문도 모르고 합세해서 CD를 옥상에 올리기 시작했다.

"야! 니들은 옥상에 올라가서 엘리베이터에서 CD를 꺼내서 한쪽에 쭉 쌓아놔."

"예. 선배님."

"예. 알겠습니다. 선배님."

'뮤즈 걸스'가 현재 KM엔터테인먼트에서 제일 돈을 많이 벌어들이는 실세 중의 실세여서 KM 소속 식구들이 총동원되어서 발을 동동 굴리며 뛰어보지만 12만이라는 숫자는 결코 간단한 게 아니었다.

전부 달라붙어서 CD를 옮겼지만 강권이 도착했을 때는 겨우 반 정도 옮기는데 불과했다.

사실 몇 사람이 나서서 옮겼더라면 더 빨리 옮길 수 있었을 것인데 좁은 곳에 사람이 너무 많이 달라붙어 서로 거치적거리다 보니 더 늦어진 것도 무시할 수 없었다.

이 북새통에 강권이 KM엔터테인먼트에 도착했다.

강권은 도떼기시장이 되어 있는 KM 옥상에 내려서 그 가관을 쳐다보다 수형을 발견하고 물었다.

"수고 많네. 수형아, 이게 전부냐?"

"이사 옵빠, 이제 겨우 반 정도 옮겼을 거예염. 사람이 많이 붙었으니 좀만 기다리시면 곰방 옮길 고얌."

"그래? 참, 너 회사 홈페이지 관리하는 곳으로 좀 안내해 줄래?"

"회사 홈페이지 관리하는 곳이여? 거긴 왜욤?"

"동영상도 있다며?"

"아하! 저 따라오심 되시와요."

3만 건이나 되는 동영상을 다운받으려면 엄청난 시간이 들겠지만 '달'이 접속을 해서 홀라당 빼오면 금방이었다.

수형이도 나름 컴퓨터 좀 한다고 하는데 강권이 노트북 컴퓨터로 깨작깨작 하는 것 같더니 회사 홈페이지에 들어가 동영상을 홀라당 빼내자 너무 기가 막히는지 입을 짝 벌리며 감탄을 한다.

"어어! 이사 옵빠, 그, 그거 어떻게 하신 거예욤?"

"뭐, 그냥 그런 프로그램이 있어."

"이사 옵빠, 그 프로그램 우리 뚜형이도 깔아주면 안 되어욤?"

"수형아, 이 컴퓨터가 노트북처럼 보이지만 어지간한 대형 컴퓨터보다 용량이 커. 아마 대형 컴퓨터보다는 용량이 크고 슈퍼컴퓨터보다는 용량이 작다고 보면 될 거야. 무슨 말인지 알겠지?"

"이사 옵빠, 그 프로그램 용량이 엄청 커서 어지간한 컴퓨터로는 프로그램을 다운받을 수 없다는 말씀이시져?"

"그래. 동영상은 다 다운받았으니 이제 CD를 마저 옮기도록 하자. CD가 있는 창고가 어디냐?"

강권이 이렇게 말하는 것은 함께 옮기는 척하다 눈치채지 못하게 토시에 있는 아공간에 CD를 옮겨 담으려는 속셈이었다.

"이사 옵빠, 이제 다 옮겼는데 멀 껴들라고? 이사 옵빠는 그냥 참치와 꽃등심만 준비해 주심 되시와요. 우릴 잔뜩 부려먹었으니 영양 보충을 시켜주어야 하자 나여."

'뭐! 부려먹어? 그게 내 일이냐? 니들 일이지.'

강권은 이 말이 목구멍까지 나오려는 것을 가까스로 참았다.

그리고 마음에 없는 말을 하고 말았다.

"알았다. 그래야지. 고생했으니 참치와 꽃등심이나 풀어야지."

"역시, 울 이사 옵빠. 최이고!"

'휴우, 백룡을 끌고 왔기 망정이지 '보라매'로 왔 다면 다시 갔다 올 뻔했잖아.'

강권은 한숨을 내쉬고는 백룡을 조작해서 CD를 싣 는 척하며 토시에 있는 아공간에 몽땅 집어넣었다. 그 광경을 보던 연습생들의 입에서 감탄사가 연발이다.

"와아! 마치 UFO처럼 물건을 싣잖아?"

"그러게? 저거 정말 UFO 아닐까?"

" UFO가 뭔 말 인 지 나 알 아 ? UFO는

Unidentified Flying Object의 약자로 미확인 비행물체를 가리키는 말이야. 그런데 저건 확인된 비행물체잖어? 그러니 UFO는 아닌 거지."

"그래. 니 팔뚝 굵다."

연습생들의 투닥거림을 보고 미소를 짓고 있으려니 언제 나타났는지 고수원 회장이 의미심장한 눈웃음을 지으며 서 있었다.

어디 그것뿐인가. 수형이가 이쪽을 힐끔거리며 윤이와 속닥거리는 것이 아무래도 심상치 않았다. 순간 강권은 불길한 촉이 왔다.

'이런 아까운 와인 한 바리끄 그냥 나가겠는 걸.'

아니나 다를까 고수원 회장이 은근한 어조로 꼬였다.

"이사님, 모처럼 KM에 오셨는데 한잔하셔야죠."

결국 불길한 예감은 기어코 적중하고 말았다. 강권이 뭐라 대꾸하기도 전에 수형이가 나서서 연습생들을 선동했다. 미리 말문을 막아 버리겠다는 수작이리라.

"얘들아. 최 이사님이 수고했다고 참치회와 꽃등심 파티를 열어준다고 했어. 얼릉 올라가서 기다리자."

"와아! 언니 그 말이 사실이에요?"

"누나, 정말이요?"

"그래. 왜 내가 비싼 밥 먹고 거짓말하나?"

"와아! 최 이사님 최고."

수형이의 선동에 100여 명가량이나 되는 연습생들이 일제히 환호성을 질러댔다.

"수형씨, 우리들은요?"

"언니들도 드셔도 되요. 매니저 오빠들도 드셔도 되구요."

"수형씨, 정말이지?"

"수형씨 정말 우리도 끼어도 되는가?"

"그럼요. 우리 최 이사님은 얼마나 마음이 넓으신데요?"

마치 자기 것을 주는 것인 양 KM 직원들에게 인심 쓰는 수형이의 태도에 강권은 어이가 없었다.

'허어, 우리 최씨 집안에 저렇게 얼굴 두꺼운 애가 없는데?'

속내는 이랬지만 수형이는 자신의 조카뻘이어서 이렇게 깝치는 수형이가 밉거나 하지는 않았다. 어차피 참치는 그냥 남태평양에서 잡은 것이고 횡성 한우를 사는데 돈깨나 들었다지만 그런 정도는 껌 값에 불과

한 것이고 와인이야 대충 만들면 되는 것이니 아쉬울 것도 없었다.

'이럴 때 수형이 기나 살려줘야지. 몇 푼 들이지 않고 내 조카 챙기는 것이니 싸게 먹히는 것 아니겠어?'

이렇게 생각은 했지만 왠지 씁쓸한 생각이 드는 강권이었다.

'쩝, 그런데 왜 이리 씁쓸하다냐? 에이, 좋은 게 좋은 거지 뭐.'

내심 이렇게 생각을 하고 있는데 수형이 강권의 표정이 좀 이상하다는 걸 느꼈는지 은근하게 말을 걸어왔다.

"그러쵸오? 이사 옵빠."

"으응, 응. 그렇지. 그렇고 말고."

"여러분 들으셨죠? 다들 저 사다리를 타고 비행선으로 올라가시면 돼요."

"와아!"

옥상에 있는 사람들이 일제히 환호성을 지르며 백룡으로 오르자 백룡호를 조종하는 '해'가 포탈을 조종해서 식당을 개방했다.

투어를 마치고 도착하자마자 CD와 동영상에 파묻

혀 곤욕을 치렀던 투어 참가 가수들은 휴가를 가려던 것을 포기하고 다시 백룡호에 올랐다.

백룡호에서 맛본 참치와 꽃등심, 와인이 돈을 싸들고 가도 쉽게 맛보지 못하는 명품들임을 알고 있는 까닭이었다.

그 광경을 보고 있던 고수원 회장이 은근한 어조로 물었다.

"최 이사님, 인원이 많아서 혹시 참치나 꽃등심이 부족하지는 않겠습니까?"

"아닙니다. 참치나 꽃등심이 부족해지는 그런 사태는 전혀 발생하지 않을 테니 염려 마십시오."

강권의 말을 들은 고수원 회장은 마치 자기가 한턱 낸다는 듯 문을 닫아걸고 모조리 옥상으로 올라오라는 파렴치한(?) 명령을 내렸다.

그렇게 한 사람 두 사람 늘어나더니 급기야 300명이 훌쩍 넘어가는 사람들이 옥상으로 모이기 시작했다.

강권은 KM엔터테인먼트에 속해 있는 사람이 이렇게까지 많은지는 몰랐다.

그리고 이 중 70~80명은 KM엔터테인먼트 소속

직원이 아닌 것은 더더욱 알지 못했다.

원님 덕에 나발 분다는 식으로 고수원 회장은 강권의 와인과 참치, 꽃등심으로 일시적으로 KM과 작업하는 외부인들에게 마냥 생색을 내고 있었던 것이다.

결국 강권은 대형 참치 한 마리, 와인 한 바리끄, 한우 한 마리를 고스란히 헌납해야 했다.

❖　❖　❖

단 하루 사이에 12만 개의 CD와 3만 건의 동영상을 검색한다는 것은 다들 불가능한 일이라고 말할 것이다.

그렇지만 강권은 거뜬히 해냈다.

아니, 강권이 해낸 것이 아니고 '해'와 '달'이 해낸 것이라고 해야 옳을 것이다.

아공간에서는 거의 시간이 흐르지 않는다는 특성을 100% 활용해서 '해'와 '달'이 컴퓨터로 X빠지게 작업을 해서 이룬 결과였다.

거기에는 '해'와 '달'이 작곡 작업을 하면서 톱가수들의 능력 분석을 했던 경험도 한 몫을 차지하고 있다는 것을 간과하면 안 될 일이었다.

8클래스 마스터와 9클래스 유저의 능력과 컴퓨터, 그리고 시간이 거의 흐르지 않는다는 아공간의 특성이 합해지자 불가능은 더 이상 불가능이 아니었다.

—주인아, 300명 정도는 꽤나 자질이 있는 것 같다.

9서클에 오른 '달'의 눈은 상당히 높은 편이어서 꽤나 자질이 있다는 건 당사자들이 어지간히만 하면 톱클래스에 오른다는 말이나 다름이 없었다.

그걸 알기에 강권은 깜짝 놀라 되물었다.

"무어? 300명씩이나 있어?"

—예. 주인님, A급은 대충 그 정도입니다. 그중에서 지금은 예리나 아가씨에게는 좀 딸리지만 인간 모아와 비슷하거나 약간 밑인 S급은 10여 명 정도이고, 어느 정도 자기의 노력만 추가가 된다면 가수나 배우로 성공할 정도의 인간들은 대략 1,000여 명 정도 됩니다.

엄청난 말이었다.

지금 모아는 나름 괜찮은 자질의 모아가 14~5년 동안 엄청나게 노력을 해서 오늘날의 모아로 되었기 때문이다.

"흐음, 그럼 일단 걔들은 2차 합격자로 해야겠구면. 어디 골라 놓은 CD와 동영상을 가져와 봐. 한 번 보게."

─주인아, 아니다. 그렇게 하면 안 돼. 우리가 말한 인간 중에는 오디션 응모 자격에 미달인 사람들도 꽤 있어. '해'가 S급으로 분류한 인간 중에서 20살 이상인 인간이 세 명이나 끼어 있고 A급으로 분류한 인간 중에서, 나는 S급으로 보고 있지만…… 아무튼 10살짜리, 11살짜리 인간도 끼어 있어. 또 우리가 뽑아 놓은 인간 중에는 응모 기간이 지나 응모해서 결격 처리된 인간도 100여 명은 될 거야. 주인아, 어떻게 할까?

어쩌면 이게 바로 '뮤즈 걸스'의 유명세를 통한 공개 오디션의 맹점일 수 있었다.

워낙 응모자가 많다 보니까 일단 기간 안에 도착하지 않은 CD나 프로필을 보고 나이가 결격 사유에 해당되면 무조건 탈락으로 빼 놓은 모양이었다.

또한 외모가 아니면 노래는 들어보지 않고 탈락을 시켰다는 점도 무시할 수 없을 것이라는 생각이 들었다.

"알았어. 일단 내가 보고 결정을 할 테니까 뽑아 놓은 1,000명의 CD나 동영상을 내게 보여줘. 참 타임 슬로우 마법진을 먼저 펼쳐야 하겠군."

강권은 시간이 10배로 늦게 흐르는 타임 슬로우 마법진을 만들었다.

'제기랄! 내 일도 아닌데 피 같은 마나석을 이렇게 써야 하다니……'

마나석은 물론 노옴이 지각 깊숙한 곳에서 캐온 것이었다. 아끼면 X 된다고 아끼고 아끼다 결국 여기에 쓰게 되었던 것이다.

'아무래도 노옴에게 마나석을 더 캐오도록 해야겠어.'

9서클 마법사와 8서클 마법사가 있으니 마나석만 충분하다면 과학으로 이룰 수 없는 것들도 구현해 낼 수 있다.

예를 들어 타임 슬로우 마법진이라든가 워프 마법진, 텔레포트 마법진 등이 그것이다.

무한대 배낭이나 아공간의 창출 또한 지금 과학으로는 불가능한 것들이 아닐 수 없었다.

일단 타임 슬로우 마법진이 완성되자 강권은 '해'와 '달'에게 CD와 동영상을 4배속으로 빠르게 틀도록 했다.

신체가 재구성이 되어 초인의 반열에 올라 있는 강권의 신체는 4배속 정도의 빠르기는 충분히 감지할 수 있는 동체 시력이 있었기 때문이다.

10배의 타임 슬로우에 4배속은 산술적으로 40배나 빠르게 보고 들을 수 있다는 말과 같았다.

하나의 동영상과 CD는 대략 4~5분 정도, 결론적으로 강권은 2시간 정도를 투자해서 1,000개의 해당하는 동영상과 CD를 모두 볼 수 있었다.

"휴우, 아까운 애들이 너무 많은 걸. 이게 다 외모지상주의 탓 아니겠어?"

강권이 이렇게 탄식을 하는 것은 '해'가 S급으로 뽑아 놓은 애들 열 명 중에서 그런대로 보아 줄 정도의 아이들은 다섯 명에 불과하였고, 그 다섯 명 중에서도 예쁘다고 생각하는 아이들은 불과 두 명뿐이었다.

그 둘 중에서도 결격 사유에 해당되지 않는 아이는 딱 한 명이었다. 나머지 한 명은 11살짜리니 연습생으로 받아들여 몇 년 정도 다듬는다면 모아보다 훨씬 뛰어난 슈퍼스타로 군림할 수 있을 것이다.

물론 모아처럼 오롯이 한길로 정진한다는 전제하에서 하는 말이다.

강권이 S급을 제외한 아이들 중에서 한참을 골을 싸매고 뽑은 아이들은 114명뿐이었다.

그중에서 '해' 와 '달' 이 A급이라고 뽑아 놓은 아이들은 80명뿐이었다.

'해' 와 '달' 이 A급이라고 뽑아 놓은 아이들 중에서 외모가 어느 정도 되는 아이들이 80명뿐이라는 말과 같았다.

나머지 34명은 '해' 와 '달' 이 B급이라고 했던 아이들 중에서 윤이나 우리처럼 외모가 빼어나거나 요연이처럼 춤에 발군의 실력을 갖추고 있거나 수형이처럼 나름 개인기가 탁월한 애들이었다.

"1,000명에 속하는 아이들은 일단 모두 '뮤즈 걸스' 아이들에게 넘겨주어야겠지? KM에서 선택받지 못한 애들은 내가 직접 키우면 될 테고 말이지."

아이러니한 것은 강권이 뽑은 114명 중에서 KM엔터테인먼트에서 1차 합격자로 뽑힌 1만 명에 속한 아이들은 73명뿐이었다.

나머지들은 물론 외모가 영 아니거나 나이나 응모 기한에서 결격사유에 해당되는 아이들이었던 것이다.

강권이 보지 않았더라면 KM에서는 그런 존재가 있다는 것도 모르고 지나쳤을 아이들이기도 했다.

"이거, 미안술(美顔術)이라도 개발해야 되려나?"

축골공(縮骨功)이라는 무공이 있으니 이것을 잘 연구하면 뼈를 축소시키거나 확대시킬 수 있을 것이고, 신체의 재구성을 연구하면 미남, 미녀를 만드는 것도 불가능하지는 않을 것이라고 생각해 보는 강권이었다.

"일단 너희들이 알아서 결정할 일이지만 1차 합격자 중에서 내가 어느 정도 괜찮다고 생각하는 아이들은 여기에 있는 73명뿐이야."

"어어?"

'뮤즈 걸스' 멤버들은 강권이 건네는 73개의 CD를 받아들고 기가 막힌다는 표정들을 지었다.

그도 그럴 것이 하루도 되지 않아서 12만 개의 CD와 3만 개의 동영상을 모두 보지 않고서는 결과물이 나올 수 없기 때문이었다.

한동안 벙찐 표정으로 강권의 얼굴을 바라보던 '뮤즈 걸스'의 멤버들은 윤이가 CD를 컴퓨터에 넣고 작동을 시켜서 CD 몇 개를 보고는 감탄사를 연발할 수밖에 없었다.

"와아! 이사 오빠, 하루 사이에 15만 건을 모두 검색하신 거예요?"

"하루가 뭐니? 이사 오빠가 CD와 동영상을 보러 간 시간이 밤 10시 40분이었어. 그리고 지금 시간이 오전 10시 10분이니까 만 12시간도 되지 않았다는 거 아니겠어?"

"그러네. 와아! 지금 CD 다섯 개를 봤는데 전부 어느 선에 오른 것들이네요. 이사 오빠, 도대체 어떻게 하신 거예요?"

"나도 동영상 CD 합해서 대충 100개 정도는 봤는데 이런 수준의 아이들은 하나도 못 봤는데 어떻게 이렇게 우리 입맛에 딱딱 맞는 애들을 고를 수 있지?"

"어디, 어디 나도 봐봐."

"이 김초딩아! 저쪽에 컴퓨터가 또 있잖아? 거기서 보면 되지 어딜 끼어들어?"

"에이, 귀찮잖아."

'뮤즈 걸스' 아홉 명이 한 마디씩 하자 널찍한 숙소가 순식간에 도떼기시장이 되어 버렸다.

강권은 고개를 절레절레 흔들며 '뮤즈 걸스'의 리더인 태란에게 51개의 CD를 건네면서 말했다.

"태란아, 이 아이들은 그냥 탈락시키기 너무 아까워서 내가 따로 뽑아 놓은 것들이거든. 니가 한 번 볼래?"

"예. 이사님."

태란이 냉큼 대답하고는 CD를 들고 구석에 있는 컴퓨터로 가서 컴퓨터에 CD를 넣으려다 S급이라는 글자를 보았는지 CD를 뒤적거리며 S급이라고 써진 CD만을 골라 따로 놓고는 9장의 S급 CD 중에서 하나를 컴퓨터에 넣고 재생을 시키는 것이었다.

태란이 맨 처음 넣은 CD는 가창력은 엄청 빼어난데 보기가 좀 부담스러운 외모를 가진 아이였다. CD를 보지 않고 흘러나온 노래만 들은 '뮤즈 걸스' 멤버들이 죄다 한 소리들 했다.

"와아! 탱구야, 걔 누구야? 엄청 노래 잘 부르는데?"

"와! 우리 탱구 식겁하겠는데?"

······.

"야! 깝율, 식겁하기는 누가 식겁한다는 거야?"

"탱구 너보다 잘 부르니 식겁하지, 왜 그러겠어?"

"이 깝율이 정말?"

"와! 언니, 그 아이 정말로 노래 잘 부르네요?"

태란과 우리의 토닥거리는 소리에 '뮤즈 걸스' 아이들이 하나둘 이쪽으로 왔다가 CD를 보고는 다시 한마디씩 한다.

"와! 아깝다. 저 실력에 얼굴만 좀 받쳐 준다면 AU 보다 훨씬 뜰 텐데."

"정말 너무 아깝다. 성형을 해도 견적이 안 나오겠는데?"

"그러고 보면 신은 참 공평한 것 같아. 저런 재능에 아름다움까지 줬다면 가수들 전부 은퇴해야 할 텐데 말이야."

그러던 햇살이가 태란이가 하나의 CD를 재생하는 순간에 할 말을 잃어버렸다.

"어!"

"어어! 이사 오빠, 얘 CD는 왜 여기에 있는 거예요? 노래도 엄청 잘하고 얼굴도 엄청 예쁜데 말이에요?"

"CD케이스를 봐. 걔 열한 살짜리야. 오디션 결격 사유에 해당하잖아."

"아! 그렇구나. 그런데 얘는 나이는 어리지만 예쁘고 노래도 잘 부르니까 우리 후계자로 받으면 안 될까? 모아 선배도 만 열세 살에 데뷔하셨잖아. 우리 후계자가 되려면 2~3년은 훈련을 받아야 할 테니 딱이잖아?"

"우리 꼬꼬마 리더 탱구 후계자로 딱일 것 같은데?"

"어디 황예솔, 나이 11살, 조선대 부속 사립초등학교 6학년. 어? 11살이면 초등학교 4학년 아냐?"

"어디 봐봐. 아! 얘, 만으로 11살이고 빠른 생월이니까 13살로 쳐도 되겠는데?"

"정말 그러네. 얘 우리 후계자로 받아들이자. 어때?"

"좋아. 나는 찬성."

"나도."

"나도."

이렇게 만장일치로 황예솔을 2기 '뮤즈 걸스' 최초의 멤버로 받아들이는 '뮤즈 걸스' 멤버들이었다.

"이사 오빠, CD케이스에 S급이라고 써 있는 게 전부 실력이 좋다는 건가요?"

"응. 그래. 윤이 네가 보고 있는 CD 중에는 딱 한 명이 있을 거야."

"제네시스 최. 만 15세. 미국 LA 거주. 비버리힐스 하이스쿨 12년 재학이라고 되어 있네. 파니 언니, 12학년이면 우리나라로 따져서 고등학교 3학년 아닌가?"

"으응, 만 15세에 12학년이면 걔 최소한 2학년은 월반했겠는데?"

"으응, 그렇겠네. 보통 만 18세나 19세에 졸업을 하는데 만 15세면 최소한 2~3학년은 월반했을 거야."

"어어? 얘, 줄리어드 음대에 진학 예정인데? 얘도 수시 합격한 건가?"

"미국에는 수시는 없지만 뭐 비슷한 케이스겠네?"

"윤이야, 오디션에 합격을 한다고 해서 당장 우리 멤버가 되는 것도 아닌데 그런 얘가 우리나라에 와서 힘든 연습을 견딜 수 있을까?"

파니의 대꾸에 윤이는 고개를 갸웃거리다가 CD케이스에서 전화번호를 발견하고 파니에게 다시 물었다.

"언니, 여기 전화번호가 있는데 전화를 해서 물어보면 어떨까요?"

"지금 오전 10시 36분이니까 LA는 오후 6시 36분이겠네. 전화를 하려면 얼른 해야 될 거야. 미국에서는 늦게 전화하는 것이 예의에 어긋나는 거라고 생각하니까 말이야."

"파니 언니, 언니가 전화를 해봐. 얘, 미국에 사는 얘잖아."

"그래. 그러는 게 좋겠다."

"뭐라고 물어봐야 하는데?"

"파니, 내가 전화할게. 전화번호 이리 줘."

파니의 손에서 전화번호가 적혀 있는 CD케이스를 냉큼 빼앗아가는 시카였다.

'뮤즈 걸스' 멤버들은 파니에게 전화를 하라고 해

놓고도 멍한 파니가 엉뚱한 소리를 할까봐 내심 걱정되던 차였는데 시카가 전화를 하겠다고 하자 박수를 치며 환영했다.

그러자 순둥이 파니는 연신 "나도 잘할 수 있는데." 라고 혼자말로 중얼거리면서도 이내 체념을 하고 있었다.

그 광경을 지켜보던 강권은 그런 파니를 보며 고개를 저을 수밖에 없었다.

사실 파니의 관상으로 따지면 아홉 중에서 제일 복이 있는 것 같은데 제 복을 다 찾아먹지 못하는 것 같았기 때문이다.

그렇다고 내가 오지랖을 부릴 필요는 느끼지 않는다.

'그게 다 제 복이지 뭐.'

강권이 이런 생각을 하는데 시카는 유창한 영어로 용건을 말하고 있었다.

[여보세요. 여기는 서울에 있는 KM엔터테인먼트인데요. 제네시스 최 있습니까?]

[예. 제가 제네시스인데요? 누구시죠?]

[나는 '뮤즈 걸스'의 시카라고 하는데요. 혹시 오디

션에 응모하셨습니까?]

[예에! 설마……]

제네시스 최는 '뮤즈 걸스'의 멤버가 자신에게 직접 전화를 했다는 것이 믿기지 않는다는 듯 말을 제대로 끝맺지 못하고 있었다.

그런 것은 아랑곳하지 않고 시카는 자신이 하고 싶은 말을 거침없이 내뱉고 있었다. 이런 행동 때문에 시카가 얼음공주라고 불리는 것이리라.

'시카와 파니가 적당히 반반 섞인다면 꽤 괜찮은 캐릭터가 나올 것 같은데 내 희망 사항이겠지?'

파니가 너무 소극적이어서 자기 복을 찾아먹지 못하는 타입이라면 아마 시카는 너무 칼 같아서 자기 복을 깨뜨리는 타입 같아서 하는 말이었다.

[예. 그렇습니다. 오디션에 특별히 합격을 하셨는데요. 최종 합격 때문에 몇 가지 물어보고 싶은 것이 있어서 말이죠.]

[무, 무슨 질문인데요?]

[만약 제네시스 양이 최종 오디션에 합격을 한다면 줄리어드 음대를 포기할 수 있겠습니까?]

[예에? 예. 그렇게 하겠습니다.]

[그런데 내일부터 오디션인데 전혀 출발할 생각이 없는 모양이던데 왜 그런 겁니까?]

[아! 그거요. 지금 시험 중이어서 KM에 물어보니까 내 오디션 번호가 좀 늦은 편이면 일주일 후에 와도 된다고 하더라고요. 그래서 시험을 마치고 가려고 했습니다.]

[제네시스, 일주일 후에도 올 필요가 없어요. 내가 다음에 연락을 하면 그때 오도록 하세요. 알겠지요?]

[예. 그런데 정말 오디션에 특별 합격을 한 게 맞습니까?]

[그렇다니까요? 제네시스, 사람 말을 그렇게 못 믿습니까?]

[그, 그게 아니라······.]

강권은 제네시스가 금방이라도 울음을 터트릴 것처럼 느껴지자 자기도 모르게 시카의 손에서 전화기를 채뜨려 달래주었다.

[제네시스, 시카가 방금 한 말이 맞습니다.]

[그렇게 말씀하시는 댁은 누구신데요?]

[제네시스, 혹시 Dr. Seer라고 알고 있습니까?]

[예. 제가 제일 존경하고 사랑하는 가수입니다. 오

마이 갓! 그럼 지금 저와 통화를 하시는 분이 Dr. Seer님 본인이십니까?]

[예. 제가 바로 Dr. Seer입니다. 그리고 KM엔터테인먼트의 이사의 신분이기도 합니다. 제네시스는 오디션에 최종 합격했으니 하이스쿨을 졸업하시고 차분히 서울에 있는 KM엔터테인먼트로 와주십시오. 내 직통 전화를 문자로 보내줄 테니 서울에 오거든 나에게 꼭 전화를 하시기 바랍니다. 알겠습니까?]

[예. 예. 그렇게 하겠습니다. Dr. Seer님.]

강권은 전화를 끝내고 시카와 파니를 따로 불렀다.

[시카 씨, 전화하는 도중에 일방적으로 전화를 채뜨린 점 사과드리겠습니다. 하지만 가뜩이나 얼어 있는 제네시스를 일방적으로 몰아붙이는 것 같아서 참을 수 없었습니다. 내가 시카를 따로 부른 이유는 바로 그 점을 지적하기 위한 것입니다. 시카 씨, 동양의 학문 중에는 사람의 얼굴 생김새를 보고 그 사람의 평생의 길흉화복을 예측하는 관상학이란 게 있습니다. 시카 씨는 나름 복이 많은 얼굴형입니다. 그런데 상대방을 배려하지 않고 상대를 자기 위주로 일방적으로 몰아붙이려는 성향 때문에 그 많은 복을 차자하지 못할 가능

성이 큽니다. 되도록 웃고 상대 입장에서 조금만 더 배려한다면 시카 씨는 평생 행복하게 살 수 있을 것입니다.]

[……]

[파니 씨, 파니 씨에게는 시카씨와 정반대의 충고를 해드리고 싶군요. 파니 씨는 조금만 더 자기주장을 내세우십시오. 아니, 자기주장이 아니라 그저 내 희망 사항이 무엇이라는 것만 상대에게 알려주십시오. 시카 씨는 자기주장이 너무 강해서 자기에게 오는 복을 깨뜨리고 있다면 파니 씨는 반대로 내 희망 사항조차도 남에게 피력하지 못하고 내 복을 남에게 빼앗겨 버리는 경향이 있는 것 같습니다. 두 분이서 딱 반씩만 닮으려고 노력한다면 두 분은 평생 행복하게 사실 것 같습니다. 내가 무슨 말을 하는지 아시겠습니까?]

[예. 앞으로 되도록 그렇게 하도록 노력할게요. 감사합니다. 이사님.]

강권은 두 사람에게 민감한 사항은 다른 멤버들이 알아듣지 못하도록 빠른 영어로 말했지만 더 이상 영어로 얘기할 필요를 느끼지 못하자 우리나라 말로 이어갔다.

"자기에게 주어진 복(福)은 마치 씨앗과도 같은 것입니다. 어디에 뿌리고 어떻게 가꾸느냐에 따라서 엄청난 수확을 거두어드릴 수도 있고 반대로 하나도 거두지 못할 수도 있습니다. 내가 보기에 '뮤즈 걸스' 멤버들을 다 평균 이상의 복을 갖고 있지만 어떻게 하느냐에 따라서 앞으로 행복하게 살 수도, 불행하게 살 수도 있습니다. 지금 여러분들이 멤버들에게 하는 것처럼만 다른 사람에게도 하십시오. 그렇다면 여러분들은 앞으로도 내내 행복한 삶을 사실 수 있을 것입니다. 내 얘기는 다 끝났습니다. 나에게 하실 이야기가 없다면 나는 이만 가보겠습니다."

"……."

이렇게 해서 S급 후계자 두 사람의 영입을 확정하는 것으로 결론이 내려졌다.

나머지 멤버들은 2차 오디션을 통해서 20명을 더 뽑았다.

이 20명 중에서 '뮤즈 걸스' 멤버들이 7명을 뽑고 나머지는 새로운 걸 그룹을 만들거나 솔로로 데뷔시키기로 합의를 보았다.

고수원 회장은 '뮤즈 걸스'와 이들 22명으로 케이블 음악방송에서 쇼케이스를 여는 수완을 과시했다.

15만 명에서 뽑힌 22명이란 타이틀은 전 세계 매스컴에 한 번쯤은 나왔고, 인터넷에선 스타로 자리를 잡았기 때문에 홍보는 이미 되어 있다고 봐도 좋았다.

게다가 이들 22명은 '뮤즈 걸스'의 팬덤이었는지 불과 며칠 만에 '뮤즈 걸스'의 히트곡들을 자기네끼리 소화하는 저력을 과시하며 고수원 회장의 입을 벌어지게 만들었다.

고수원 회장은 제네시스 최를 리더로 한 팀, 황예솔 양을 리더로 한 팀을 만드는 과욕을 부리며 즐거워했다.

'너무 욕심을 부리면 체할 텐데 어지간히 하시지. 쯧쯧.'

아무튼 제2기 '뮤즈 걸스'를 뽑는 오디션은 대성공이었다.

강권 역시 전혀 소득이 없는 것은 아니었다.

고수원 회장의 양보로 124명 중에서 22명에 속하지 않은 102명을 '환' 종합 매니지먼트 소속의 연습생으로 받아들였기 때문이다.

어쩌면 강권이 KM엔터테인먼트보다 더 짭짤한 소득을 거두었을지도 모른다.

물론 그것은 미안술(美顔術)의 개발이 전제가 되어야 할 것이다.

제3장
제1회 온누리배 국제 축구대회(1)

정선공항.

공항이라고 부르기는 하지만 비행선만이 이용하는 곳이어서 비행기가 이착륙할 수 있는 활주로가 없어 정확한 명칭은 정선 '환' 항공 계류장이었다.

이 정선공항에는 한두 척의 비행선이 있는 평소와는 다르게 일곱 척의 비행선이 있었다.

온누리배 국제 축구대회가 불과 일주일 앞으로 다가와 대회에 참가하는 선수단들이 정선 인근에 있는 '환' 여행사 휘하의 호텔에 숙박하여야 했기 때문이다.

그러고 보니 다섯 척의 비행선은 원래 정선에 취항하는 두 척의 비행선과는 크기와 색깔이 조금 다른 것 같았다. 그랬다.

이 다섯 척의 비행선은 '환' 종합 매니지먼트사가 온누리배 국제 축구대회를 위해 특별히 주문한 열 척의 비행선에 속하는 것들이었다.

이것들은 또한 강권과 KM엔터테인먼트 소속 가수들이 타고 월드 투어를 했던 백룡과 같은 모델들이기도 했다.

물론 백룡처럼 비행선 내부의 이동 수단으로 포털을 채택하거나 창고 등에 공간 확장 개념을 도입하지 않았다는 점에서 보면 백룡의 하위 모델일 것이다.

그렇더라도 이 비행선을 타본 사람들은 하나같이 원더풀! 언빌리버블!을 외쳐 댔다.

매스컴과 인터넷에서 퍼주기 대회인 양 떠들었던 온누리배 국제 축구대회가 가까워지고 참가팀들이 속속 입국을 하자 전혀 예정에 없던 문제들이 발생했다.

그것은 주최 측인 '환' 종합 매니지먼트의 문제라기 보다는 참가팀들의 돌출 행동에서 기인한 것들이었다.

그 단적인 예가 정선 가람호텔로 배정받은 코트디부아르 대표팀과 강릉 '환' 관광호텔로 배정받은 이탈리아 대표팀이 주최 측과 아무런 상의 없이 무단으로 숙소를 바꾼 것에서 비롯되었다.

당연히 가람호텔 관계자들은 이탈리아 대표팀의 입실을 거부했다. 그런데 이탈리아 대표팀 주무는 막무가내로 우기고 있었다.

[당신들 이래도 되는 거야? 당신들이 초청을 해놓고 이런 편의도 봐주지 않는다면 어쩌겠다는 거야?]

[보네리니 씨, 어디까지나 우리 호텔에 예약되어 있는 팀은 코트디부아르 대표팀이고 귀하의 팀이 아니어서 원칙상 어쩔 수 없습니다.]

[허어, 이거 왜 이러는가? 예외 없는 원칙은 없지 않은가? 내가 알고 있기로는 세계에서 한국 사람들이 가장 융통성이 있다고 하던데 그게 아닌가?]

[보네리니 씨, 아무리 그러셔도 소용이 없습니다. 귀하는 어떻게 생각할는지 모르겠지만 숙소를 바꾼다는 것이 그리 간단한 문제가 아닙니다. 우선, 우리 가람호텔의 객실은 예약되어 있는 코트디부아르 대표팀이 최적의 상태로 경기에 임할 수 있게 세팅이 되어

있습니다. 둘째, 우리 가람호텔에는 코트디부아르에서 특별 초빙되어서 온 요리사가 있고 강릉 '환' 관광호텔에는 이탈리아에서 초청되어 온 요리사가 있어서 음식이 맞지 않을 수도 있습니다. 이외에도 다른 이유들이 여러 가지가 있지만 보네리니 씨께서 굳이 알 필요는 없고…… 그러니까 이탈리아 대표팀은 원래대로 강릉에 있는 '환' 관광호텔에서 묵으시는 게 가장 좋을 것입니다. 그렇다고 방법이 전혀 없는 것은 아닙니다만…….]

가람호텔 직원의 마지막 말에 이탈리아 팀의 주무인 보네리니가 웃으며 말했다.

[바로 그게 내가 원하는 것이오. 그 방법이란 게 도대체 무엇입니까?]

[보네리니 씨, '환' 종합 매니지먼트와 FIFA와의 계약에 따르면 '환' 종합 매니지먼트에서는 참가팀에게 무료로 숙식을 제공하기로 되어 있습니다. 물론 거기에는 '각 팀마다 FIFA에서 정한 숙소에서 숙식을 하지 않을 경우에는 그러지 아니한다.' 라는 단서 조항이 있습니다. 이 단서 조항에 해당이 되는 경우에는 우리 '환' 종합 매니지먼트의 의무는 소멸되지요. 따

라서 코트디부아르 대표팀이 이곳 가람호텔에서 무상으로 묵을 수 있는 권리를 포기한다는 법적으로 효력이 있는 증명서와 이탈리아 대표팀 역시 강릉 '환' 관광호텔에서 무상으로 숙식할 수 있는 권리를 포기하신다는 법적 증명서를 첨부하시고 유료로 숙식을 하시면 됩니다. 참고로 이탈리아 대표팀이 결승전에 오른다면 그때까지 35명이 45일 동안 숙식비로 소요되는 비용이 총 204만 7,500달러인데 이 비용을 이탈리아 대표팀에서 부담하셔야 됩니다. 그러면 아주 간단하게 해결됩니다.]

가람호텔 직원의 친절한 설명을 듣자 이탈리아 대표팀의 주무인 보네리니는 자기가 재량으로 결정할 사항이 아니라는 생각이 들었다.

포기하는 금액이 너무 컸던 까닭이었다.

보네리니는 즉시 대표팀 단장에게 전화를 걸어 사정을 설명했다.

이탈리아 대표팀 단장 역시 너무 거액인 까닭에 대표팀 감독과 선수들과 상의해서 무료로 숙식할 수 있는 권리를 포기해서라도 숙소를 가람호텔로 할 것을 결정했다.

이들이 이런 결정을 한 것은 가람호텔에 부속되어 있는 잔디구장이 자신들이 경기하는 강릉 경기장의 잔디와 똑같은 종류인데 비해서 강릉에 있는 '환' 관광호텔의 연습장은 인조 잔디였기 때문이다.

이 같은 결정은 4강에 오르기만 하면 최소한 2,000만 달러의 상금이 있는데 반해서 4강에 오르지 못하면 그냥 배당금만 받는 까닭에 조금 더 돈이 들더라도 경기력을 최상으로 끌어올리려는 욕심에서 기인했다.

그렇게 무상으로 숙식할 수 있는 권리를 포기하고 유상으로 돌린 후에야 인조 잔디가 천연 잔디 구장보다 더 좋다는 것을 알게 되었다.

이 같은 결정을 한 팀은 이탈리아 대표팀 외에도 포르투칼 대표팀과 아르헨티나 대표팀이 더 있었다.

이들 팀과 바꾼 세 나라까지 합한다면 총 6개 팀이 무상으로 숙식할 수 있는 권리를 포기하고 유상으로 숙식을 해결하는 것으로 결정을 한 것이다.

결론적으로 '환' 종합 매니지먼트는 생색은 생색대로 내고 이득은 이득대로 챙기는 결과를 얻게 될 것 같았다.

❖　❖　❖

　정선에 있는 '환' 그룹 산하 대규모 오락 시설인 '라온 판타지 월드'에 만들어진 특설 무대에서는 대규모 행사가 벌어지고 있었다.

　온누리배 국제 축구대회의 조를 편성하는 상황을 전 세계에 실황으로 중계하는 것이 그것이었다.

　보통 다른 축구대회는 특정 팀들에 시드를 배정하고 나머지 팀들은 무작위로 뽑는데 비해 온누리배 국제 축구대회는 시드를 배정하는 것은 같은데 나머지 팀들이 정해지는 것은 시드를 배정받은 팀의 선택에 의해서 결정된다는 것이 달랐다.

　그러면 시드를 배정받은 팀들이 극단적으로 유리할 것이라고 생각하겠지만 5라운드에 걸쳐 순서를 바꿔서 자기 조에 속할 팀들을 결정하기 때문에 생각처럼 그렇게 유리한 것만은 아니었다.

　대회를 불과 닷새 앞두고 대진표가 만들어져서 전략적으로 준비할 수 있는 기간이 없다는 점은 전통적인 축구 강국에게는 모두 유리하게 작용할 것이기 때문이었다.

다만 시드를 받은 시드 배정국의 선택이 작용한다는 점에서 우승권에 있는 팀들이 같은 조에 몰려 이른바 죽음의 조가 만들어질 확률이 거의 없다는 점은 장점이 될 수도 있는 방식이었다.

이번 온누리배 국제 축구대회의 시드 배정국은 FIFA 랭킹 1~4위에 해당하는 스페인, 독일, 아르헨티나, 이탈리아였다.

잠시 후인 하오 8시부터 벌어질 조편성 1라운드는 시드 배정국이 자기 조를 선택할 순서를 뽑는 것으로부터 시작될 것이다.

드디어 오후 8시가 되자 불꽃놀이와 레이저가 환상적인 아름다움을 연출하는 가운데 국민 MC인 유강석과 보조 MC 하지혜가 특설 무대에 올라 인트로 멘트를 시작하는 것으로 온누리배 국제 축구대회의 조편성 실황이 시작되었다.

―안녕하세요. 지금부터 시작될 제1회 온누리배 국제 축구대회 조편성 실황의 MC를 맡은 유강석입니다.

―안녕하세요. 하지혜입니다.

[안녕하세요. 지금부터 시작될 제1회 온누리배 국제 축구대회 조편성 실황의 MC를 맡은 유강석입니다.]

[안녕하세요. 하지혜입니다.]

유강석과 하지혜의 멘트는 영어로 자동 번역이 되어 방송되어졌는데 듣기가 너무 좋았다.

―아, 너무 듣기 좋은 음성이네요.

―예. 저도 감탄하고 있습니다.

―하지혜 씨, 이 자동 번역 시스템인 '소리새'의 소리가 인간이 가장 듣기 좋아하는 톤의 음성이라는 것을 알고 계세요?

―예. 이 '소리새'가 그룹 '환' 인간 환경 연구소에서 만들어낸 합성 음성이라는 것은 들었습니다. 실제 들어보니 은쟁반에 옥구슬 굴러가는 소리가 바로 이런 때 쓰는 말이 아닌가 하는 생각이 드는군요.

유강석은 영어 멘트로 진행되는 '소리새'를 감상하다가 영어 멘트가 끝나자 순서를 진행했다.

―지금부터 제1회 온누리배 국제 축구대회의 대진표를 완성시켜 주실 분들을 소개하겠습니다. 이른바 시드 배정국의 대표들이시라고 보면 되겠지요.

―우선 맨 먼저 소개시켜 드릴 분은 FIFA 랭킹 1

위인 스페인의 결정을 발표하실 스페인의 왕세자 후안 알폰소 전하이십니다.

'소리새'의 멘트가 끝나자 후안 알폰소가 무대 한 쪽에 만들어진 지정석에서 일어나 손을 흔드는 것으로 답례를 했다.

—다음에 소개시켜 드릴 분은 FIFA 랭킹 2위인 독일이 자랑하는 전설적인 영웅 베켄바워 님이십니다.

FIFA 랭킹 3위인 아르헨티나에선 축구협회장인 그룬도나가 마지막 시드 배정국인 이탈리아에서는 이탈리아의 축구 영웅 로베르투 바조가 대표로 나섰다.

이들 네 명이 가장 먼저 할 일은 A, B, C, D 이 네 가지 시드에서 하나를 고르는 일이었다.

A시드를 뽑으면 다섯 번의 라운드 중에서 1라운드와 5라운드 이렇게 두 번이나 제일 먼저 자기 조에 속할 팀을 고를 수 있기 때문에 일단 A시드를 뽑는 게 가장 유리했다.

반면 D시드를 택하면 1라운드에서는 가장 늦게 5라운드에서는 남겨진 한 팀이 자동적으로 D조에 속하기 때문에 가장 불리하다고 할 수 있었다.

남겨질 한 팀은 아마도 세계 최강이라고 평가되어지

는 누리축구단이기 때문이었다. 시드를 뽑기에 앞서 걸그룹인 사차원의 공연이 펼쳐졌다.

사차원은 월드 투어를 통해서 한층 업그레이드된 면모를 선보이며 청중들의 뜨거운 박수갈채를 받았다.

그리고 이어진 시드 추첨에서 스페인의 알폰소 왕세자는 A시드를 뽑는 기염을 토했다. 독일은 D조, 아르헨티나는 B조를 뽑아 이탈리아는 자동적으로 C조에 속하게 되었다.

—알폰소 왕세자 전하는 스페인 국민들의 사랑을 한 몸에 받고 계시다는데 다 그만한 이유가 있었군요.

—예. A시드를 뽑는 게 가장 유리하다고 하는데 왕세자 전하께서는 가차 없이 A시드를 뽑으셨으니 그럴 만도 하겠네요.

—알폰소 왕세자 전하께서 타임을 요청하셨군요.

—타임이라니요?

—타임이란 시드 배정국이 자기 조에 속할 팀들을 선택하는데 어려움을 느끼는 경우에 생각하는데 필요한 약간의 시간을 주는 것입니다. 시드 배정국이 올바른 판단을 할 수 있도록 하기 위함입니다. 참고로 말하면 타임은 단 두 번의 기회밖에 없습니다. 그런데

예상 밖으로 그렇게 귀중한 타임을 첫 번째 선택부터 사용하는군요.

—그럼 4CLOVER의 공연을 보고 오도록 하지요.

남성 4인조 4CLOVER는 남성 그룹답게 힘찬 안무로 청중들의 박수갈채를 받았다.

데뷔한 지 얼마 되지 않았지만 가창력을 인정받는 그들이었기에 전 세계로 방영이 되는 이번 무대는 그들로서도 아주 중요한 무대였다.

원래는 KM 소속 아이돌 그룹들만 초청하려고 했었는데 KM 소속 아이돌 그룹들은 월드 투어를 끝내고 귀국한 지 얼마 되지 않아서인지 고수원 회장이 고사를 했다.

결국 인지도가 상대적으로 낮은 몇몇 그룹들을 제외하고는 중, 소규모 엔터테인먼트사의 협조를 받게 된 것이다.

중, 소규모 엔터테인먼트사들로서도 자력으로는 이런 큰 무대를 마련할 수 없기 때문에 적극적으로 협력을 했다.

4CLOVER의 공연이 끝나자 알폰소 왕세자는 비장한 표정으로 A조의 첫 번째 상대를 선택했다.

알폰소 왕세자의 입에서 거명된 팀은 뜻밖에도 누리 축구단이었다.

　이것은 예상과는 전혀 다른 것이었다.

　―알폰소 왕세자 전하, 전문가들의 말에 따르면 누리축구단이 강팀이어서 최후까지 지명을 받지 못할 것이라고 하던데 가장 먼저 선택하신 이유를 물어봐도 될까요?

　[누리축구단도 강팀이지만 우리 스페인 축구도 강하다고 생각합니다. 진짜로 강한 팀들이라면 예선전에서의 전적과 관계없이 결승전에서 만날 것이라는 생각에서 누리축구단을 선택한 것입니다.]

　―아! 예선전에서 만난 팀들은 결승전에 가서야 만나기 때문에 그런 결정을 하신 것 같군요. 좋은 결과 있기를 빕니다.

　[감사합니다.]

　장장 두 시간 반에 걸쳐서 이루어진 조편성의 백미는 단연 스페인이 누리축구단을 선택한 것이었다.

　조편성은 C조 시드를 가진 이탈리아가 네덜란드를 선택함으로서 영원한 우승 후보인 브라질이 D조에 속함으로써 대단원의 막을 내리게 되었다.

8강을 가리는 예선전은 시드 배정국이 첫 번째로 고른 팀과 1차전을 치르는 것으로 시작되었다.

이렇게 제1회 온누리배 국제 축구대회는 사실상 결승전인 스페인과 누리축구단의 개막식 경기로 시작되어 시작부터 전 세계 축구팬들의 이목을 집중시켰다.

—이렇게 제1회 온누리배 국제 축구대회의 대진표가 완성이 되는군요. 먼저 정선 경기장에서 예선전을 벌일 A조부터 알아볼까요? A조에는 FIFA 랭킹 1위인 스페인을 필두로 무관의 제왕이라는 누리축구단과 잠비아, 그리고 축구 종주국인 잉글랜드와 프랑스가 있습니다. 하지혜 씨, 이 다섯 팀 중에서 8강에 오르게 될 팀은 어떤, 어떤 팀이 있을까요?

—저는 스페인 왕세자님께서 말씀하신 대로 스페인과 누리축구단이 올라가서 결승전에서 다시 한 번 붙을 것 같아요.

—오우, 생각만 해도 가슴이 설레는 것 같군요. 그럼 차분한 발라드로 가슴을 진정시켜 볼까요? AU양입니다. '광화문 연가' 청해 듣겠습니다.

유강석과 하지혜는 토크 쇼 형식으로 각 조에 속해 있는 팀들을 소개했다.

평창 경기장에서 예선전을 벌이는 B조에는 아르헨티나를 비롯해서 미국, 그리스, 덴마크, 포르투칼이 속해 있었다.

그리고 강릉 공설운동장에서 예선전을 치르는 C조는 이탈리아, 코트디부아르, 스웨덴, 우루과이, 네덜란드가, 영월에서 경기를 하는 D조는 독일, 한국, 러시아, 칠레, 브라질이 속해 있었다.

누리축구단과의 개막전을 앞두고 누리축구단의 명단을 건네받은 델 보스코 스페인 감독은 황당함을 금할 길 없었다.

누리축구단의 핵심이라고 할 수 있는 슈퍼 헥사곤에 속하는 다섯 명의 이름이 하나도 없었기 때문이다.

'이게 어떻게 된 거지?'

10초대의 빠른 발과 정확한 센터링을 날리는 송태진과 오경호, 화려한 개인기로 수비수를 농락하는 박치수, 정확하고 강력한 슈팅을 날리는 성재만, 확실한 고공 장악력을 가진 김강호, 이 다섯 명의 조합은 델 보스코로서도 가슴 섬뜩한 조합이었다.

그런데 이 다섯 명의 조합이 한 명도 아니고 전부가 누리축구단에 없다고 생각하니 좋으면서도 헷갈리지 않을 수 없었던 것이다.

델 보스코는 혹시나 하는 생각에 대한민국 대표팀과 개막전을 하는 독일 대표팀의 요하임 뢰프 감독에게 전화를 걸었다.

[요하임, 혹시 대한민국 대표팀 명단을 받았는가?]

[예. 캡틴 보스코. 방금 대한민국 대표팀 명단을 받았는데 예상치 못한 명단이 들어 있더군요.]

[혹시 그 명단 중에 치수 팍, 재만 숭, 태진 송, 경호 오, 강호 킴 등이 들어 있지 않던가?]

[예. 그렇습니다. 그래서 엄청 혼란스럽습니다.]

[허허, 펠레의 저주, 저주하더니 이건 베켄바워의 저주로구면.]

[예에? 그게 무슨 말씀이신지?]

요하임 뢰프 독일 감독은 델 보스코 스페인 감독의 말에 어리둥절해서 되물었다.

그런데 델 보스코는 거기에 대해서는 언급을 하지 않고 자기 말만 늘어놓았다.

[자네, 누리축구단이 터키에 압승하고, 그리스를 초토화시킨 주역들이 바로 그 다섯 명의 선수야. 그들을 가리켜서 사람들은 슈퍼 헥사곤이라고 칭한다네. 독일의 영웅이신 베켄바워께서 만만하다고 대한민국을 택했는데 그들 슈퍼 헥사곤과 상대한다니 위로의 말을 전하고 싶구먼.]

[그렇다면 왜 스페인은 맨 처음에 누리축구단을 택하신 건가요? 설마 그들이 국가대표 팀에 차출된 정보를 듣고 그러신 것은 아닌가요?]

[그렇지는 않아. 우리 왕세자 전하께서 말씀하신 대로 예선전에서 붙은 팀과는 결승전까지 붙지 않는 대진표 때문이었지. 예선전에서는 진다고 해도 조에서 2위로 올라갈 수 있는 기회가 있지만 8강전부터는 토너먼트 방식이 아닌가? 지면 그대로 탈락을 하니까 그래서 일치감치 우리 조로 끼워 넣었던 거지.]

[그럼 우리 팀으로서는 오히려 잘된 거네요. 그 슈퍼 헥사곤이 우리 조에 있으니 예선전에서 지더라도 결승전에 가서나 만날 테니까요.]

[…….]

델 보스코는 뢰프의 말에 갑자기 황당해졌다. 엄청

머리를 써서 누리축구단을 A조에 끼워 넣었는데 그게 전부 허사가 되었기 때문이다.

대진표를 보면 8강전에서 D조 1위와 맞붙게 되니까 자칫 잘못하면 결승전에 올라가지도 못하고 8강전에서 탈락할 수도 있을 것이다.

타이거를 피하려고 엄청 머리를 짜서 피하는 방법이라고 생각했는데 도리어 타이거와 중간에 맞붙게 생겼으니 그럴 만도 했다.

'허어, 이거 잘 생각해야 되겠는데?'

슈퍼 헥사곤이 빠져 있는 누리축구단은 이미 델 보스코의 뇌리에서 사라진 지 오래였다.

마음이 다급해진 델 보스코는 인사를 하는 둥 마는 둥 전화를 끊고는 코칭 스텝진 회의를 소집했다.

❖   ❖   ❖

델 보스코 말고도 마음이 다급한 사람은 누리축구단의 김장한 감독이었다.

제1회 온누리배 국제 축구대회가 성립이 되자마자 대표팀에서 누리축구단의 정예에 속하는 다섯 명의 선수를 차출했기 때문이다.

김장한 감독은 결사반대를 했지만 총 보스인 최강권 회장은 선뜻 그들을 대표팀에 보내주도록 지시를 내리는 게 아닌가.

다른 사람이면 몰라도 최강권 회장의 명을 거역할 수 없어 김장한 감독은 눈물을 머금고 누리축구단의 정예를 대표팀에 보내지 않을 수 없었던 것이다.

그러고 나서 슈퍼 헥사곤이 빠진 상황에서 대학팀과의 두 차례 평가전을 가졌다.

중학생과 성인 대표가 경기를 하는 것과 같은 월등한 신체 스펙으로 두 차례 모두 이기기는 했지만 2:1, 3:2라는 근소한 차이였다.

학원 스포츠가 성행하던 시절처럼 대학 축구팀이 프로 팀에 버금갈 정도가 되던 시절도 있었지만 지금 대학팀은 고등학교에서 공 좀 찬다는 아이들은 죄다 프로팀에서 데려가 버리고 남은 쭉정이 팀이라고 할 수 있었다.

그런 팀들과 싸워서 겨우 이긴 것에 김장한 감독으로서는 슈퍼 헥사곤의 부재가 더욱 아쉬울 수밖에 없었던 것이다.

"휴우, 내일 스페인과의 개막전을 어떻게 하나?"

슈퍼 헥사곤이 빠져 있는 지금 전력이라면 세계 최강의 전력을 자랑하는 스페인에게 적어도 네다섯 점 차이로 질 것은 불문가지였다.

"휴우, 어떻게 되겠지. 그동안 엄청 강훈련을 했으니 좀 나아지지 않았을라고?"

이렇게 자위를 해보지만 도무지 진정이 되지 않았다.

그때 선임 조교가 와서 회장님이 오셨으니 인사를 드리러 가잔다.

'에이, 꼴도 보기 싫은 인간을 꼭 보러 가야 하나?'

김장한 감독은 내심 이런 갈등이 생겼지만 내색은 하지 못하고 맹꽁이 같이 선선하게 대답을 하고는 선임 조교를 따라가지 않을 수 없었다.

"예. 알겠습니다."

선임 조교가 김장한 감독을 데려간 곳은 뜻밖에도 호텔 옥상에 착륙해 있는 백룡호였다.

내키지 않는 마음을 가까스로 억누르고 김장한 감독이 백룡호에 오르자 이미 누리축구단 선수들이 모두 모여 있었다.

"하하하, 어서 오세요. 김장한 감독. 그동안 내가 엄청 얄미웠지요?"

"예에? 아, 아닙니다."

"하하, 얼굴에 다 쓰여 있는데요, 뭐. 그건 그렇고. 내가 김장한 감독과 우리 축구단 선수들을 부른 것은 우리 누리축구단의 진정한 실력을 세계 만방에 알리자는 결의식 비슷한 것을 하려고요. 또 제1회 온누리배 국제 축구대회에 출정하는 출정식을 겸해서 말입니다."

"회장님, 다른 나라에서 하는 것도 아니고 굳이 그럴 필요까지야 있겠습니까?"

"하하, 김장한 감독, 출정식이라야 별거 없어요. 잘 먹고 힘내서 싸우라고 간단하게 밥 한 끼 같이 먹자는 것뿐이니까요."

"……."

최강권 회장에게 이미 틀어져 있는 김장한 감독은 아무런 대꾸도 하지 않고 속으로 '개뿔이나, 그게 밥 한 끼로 해결될 문제야?' 하고 소리쳤다.

그런데 채 10분도 되지 않아서 김장한 감독의 얼굴은 활짝 펴질 줄은 전연 생각지 못했다.

"자! 차린 건 없지만 많이들 드세요."

"별, 별 말씀을요."

"회장님 잘 먹겠습니다."

정말이지 강권이 준비한 밥 한 끼는 참치회와 팔뚝만 한 랍스터로 만든 요리, 그리고 한 잔의 와인이었기 때문이다.

참치 마니아인 김장한 감독은 최강권이 주는 참치가 얼마나 훌륭한 것인지 잘 알고 있었다.

일류 호텔에서 한 점에 몇 십만 원 하는 참치도 맛보았지만 이전에 백룡호에서 먹었던 참치와는 비교조차 할 수 없었다.

게다가 인터넷에서 보니까 와인은 한 잔에 천만 원이 넘는다고 하지 않던가?

먹고 죽은 귀신은 때깔도 좋다고 김장한 감독은 그냥 먹고 죽기로 했다.

그런데 배를 채우고 나서 그런지 그동안 엄청 자신의 애를 태우던 누리축구단 애들이 뭔가 달라진 것처럼 보였다.

그동안 피곤에 찌들어 비실비실했던 아이들이 아니라 엄청 가벼워 보이는 몸놀림을 보이고 있었던 것이다.

'어, 어떻게 된 거지? 설마 그동안 참치를 먹지 못해서 그랬던 거야?'

김장한 감독이 죽었다 깨어나도 알 수 없는 것은 누리축구단 애들이 20kg나 되는 무게를 달고 뛰었었다는 것이다.

그동안 등에 10kg의 배낭을 메고, 한쪽 발에 각각 5kg의 아령을 달고 뛴 것과 같았다는 걸 어떻게 알 수 있겠는가?

대략 한 시간가량의 회식이 끝나자 최강권 회장이 직접 선수단을 이끌고 훈련실로 갔다.

훈련실의 장비들은 예전에도 사용해 보았기 때문에 왜 여기에 선수들을 데리고 왔는지 의문이 들었는데 막상 들어와 보니 그게 아니었다.

훈련실에 못 보던 장비들이 있었기 때문이다.

아마도 최강권 회장이 직접 새로 만들어진 훈련 장비를 선수들에게 시험적으로 사용하려는 모양이었다.

새로 만들어진 훈련 장비는 어떻게 보면 전화 부스처럼도 보였고 어떻게 보면 MRI를 옆으로 세워 놓은 것처럼도 보였다.

'대체 저걸로 무얼 한다는 거야?'

김장한 감독이 내심 이렇게 생각하고 있을 때 최강권 회장이 이 훈련 장비에 대해서 설명하기 시작했다.

계급에서 밀린 김장한 감독이 할 수 있는 일은 최강권 회장이 하는 일을 지켜보는 것뿐이었다.

"이 기계는 여러분의 신체적인 스펙을 측정해서 여러분에게 꼭 필요한 근육을 만들어주기 위해서 고안된 장비라고 보면 된다. 이 장비를 제대로 활용할 수만 있다면 아마 여러분들은 짧은 기간 안에 최고의 선수로 거듭날 수 있을 것이다. 그럼 호명하는 친구는 나와서 지시하는 대로 따르기만 하면 된다. 알겠나?"

"예. 어르신."

"신대철."

"예. 어르신."

"자네 포지션이 어딘가?"

"예. 어르신, 저는 공격형 미드필더로 레프트 윙을 맡고 있습니다."

"흠, 그런가? 그럼 오경호 군과 같은 포지션인가 보군."

"예. 그렇습니다. 어르신."

대철이가 씩씩하게 대답하자 최강권 회장이 오토바이 헬멧처럼 생긴 것을 대철이에게 건네며 말했다.

"자, 이 부스에 들어가서 문을 닫고 헬멧을 쓰고 헬멧에서 지시하는 대로 따르게. 간단하지? 아! 거기 원 안에 서 있으면 되네."

"예. 알겠습니다. 어르신."

최강권 회장의 지시에 따라 헬멧을 뒤집어쓴 대철이가 대략 4~5분 동안 전력으로 뛰거나, 점프를 하고, 공을 차는 시늉을 하더니 제자리에 서는 것이었다.

대철이가 제자리에 서자 최강권 회장이 장비 옆구리에서 웬 종이를 꺼내며 말하는 것이었다.

"신대철 군, 됐네. 밖으로 나오게. 흐음, 자네는 100m 기록이 11초 23이고 서전트 점프는 93cm로구먼. 그 정도면 괜찮은 편에 속하겠네."

"……."

"자네는 됐으니 1호실로 가서 자도록 하게. 참, 1호실에 가면 자네가 쓴 헬멧 같은 게 있으니까 잘 때는 꼭 그걸 쓰고 자야 하네. 알겠지?"

"예. 어르신, 명심하겠습니다."

이렇게 신대철을 시작으로 이번 엔트리에 속하는 누

리축구단 아이들의 시험이 모두 끝나자 자리에 남은 선수들이 한 사람도 없었다.

최강권 회장이 지시한 대로 각자 지정한 침실로 자러 들어갔기 때문이다.

모두 끝나는데 걸린 시간은 대략 두 시간이 조금 넘은 시간이었다.

엔트리 25명이 1사람당 대략 4~5분 정도 걸렸으니 그 정도 걸린 게 맞을 것이다.

김장한 감독은 옆에서 최강권 회장이 시험 결과를 말하는 소리를 들으며 믿어지지가 않았다.

최강권 회장이 불과 1~2개월 사이에 아이들의 스펙이 상당히 향상이 되었다고 말하고 있기 때문이다.

'한두 사람도 아니고 25명 전원이 1~2개월 사이에 100m에서 최소 1초가 당겨지고 서전트 점프에서 최소 10cm가 높아졌다는 건데 정말 그럴 수 있을까?'

김장한 감독은 누리축구단 선수들의 스펙을 전부 기억하고 있었는데 기억이 잘못되지 않았다면 아이들의 능력이 전부 향상된 걸로 나왔다.

아이들이 20대에 접어들었으니 성장이 완성되었다

고 해도 무방한데 어떻게 짧은 시간 내에 그렇게 향상
이 될 수가 있단 말인가?

믿거나 말거나지만 그 25명 중에서 11초대 초반의
기록을 가진 선수가 두 명이나 되었고 단 한 명을 제
외하고는 전부 11초대 후반의 주력을 갖고 있었다.

그런데 그 한 명마저도 12초대 초반의 기록이었다.

축구에서 100m 기록이 크게 중요하지 않다고는
하지만 100m 기록이 좋다는 것은 그만큼 순발력 면
에서 우세를 점할 수 있다는 것을 내포하고 있다는 점
을 김장한 감독은 잘 알고 있었다.

실제로 터키와의 경기 직전에 측정했던 누리축구단
선수들의 순발력은 다들 S급 이상이었던 것으로 기억
하고 있었다.

그런데 그 스펙에서 더 향상된 것이다.

또한 서전트 점프 역시 79cm가 한 명에, 100cm
넘는 선수가 두 명이고, 나머지는 전부 80~100cm
사이였다.

이건 축구 선수가 아니라 농구 선수라고 해도 그리
빠지지 않을 스펙이었다.

이게 믿을 만한 자료들이라면 누리축구단 선수들의

피지컬 능력은 전부 슈퍼스타급이라고 할 수 있었다.

'설마, 그러기야 하려고? 그렇지만 정말 이렇다면 스페인도 두렵지 않아. 아니, 충분히 이길 수 있을 거야. 물론 문제는 일천한 경험이 되겠지만 말이지.'

김장한 감독이 설마하면서도 내심 기대를 갖게 되었는데 최강권이 그런 김장한의 환상을 파삭 깨 버렸다.

"김장한 감독, 이제 출정 준비는 다 끝났으니 우리 참치 회에 와인 한 잔 더할 텐가?"

"예. 좋습니다."

'이런 인간하고는 진짜 정이 가지 않는단 말이야.'

김장한 감독은 내심 투덜거렸지만 대답은 맹꽁이처럼 잘했다.

그런데 이 대답은 그의 실제 마음이기도 했다.

그가 맛보았던 참치와 와인은 그만큼 특별했으니까.

최강권은 김장한의 마음을 아는지 모르는지 조교들에게도 생각이 있느냐는 식으로 말했다.

"자네들도 그동안 수고 많이 했으니 함께 한잔하도록 하지."

"예. 감사합니다. 어르신."

강권은 김장한 감독과 조교 다섯 명을 이끌고 식당

으로 가서 잠간 기다리게 하고는 와인 두 병과 참치를 큼직하게 썰어서 들고 왔다.

김장한은 와인을 홀짝거리다가 그만 자기도 모르는 사이에 꿈나라로 워프해 버리고 말았다.

"이게 뭐야?"

김장한은 잠에서 깨어나자 눈에 들어온 광경이 자신이 묵고 있는 호텔이 아니어서 깜짝 놀랐다.

그러다 이내 이곳이 자신이 예전에 유럽에 원정 갔을 때 묵었던 그곳이라는 것이 생각났다.

"아, 참! 오늘 오후 두 시에 스페인과 경기가 있지?"

시계를 보니 이제 겨우 오전 7시였다.

강권이 갖고 온 와인이 좋은 점은 맛도 기가 막힐뿐더러 다음 날 일어날 때 뒤끝이 엄청 깨끗하다는 것이었다.

아니, 깨끗한 정도가 아니라 마치 보약을 먹은 것처럼 몸이 엄청 상쾌해진다. 당장이라도 휠체어에서 일어나 걸을 것 같은 기분이 들 정도로.

'무슨 와인이 이렇지? 이런 와인이라면 팔면 떼돈
을 벌 텐데.'

김장한은 와인을 마시고 자신만 이런 반응을 보인다
는 것을 모르고 이런 쓸데없는 생각을 하고 있었다.

강권이 자신을 숙소에 데려다 주면서 힐 마법과 리
프레시 마법을 걸어주고 간 것을 알지 못하기 때문이
었다.

씻으러 일어나 보니 자신의 책상에 엔트리 25명에
대한 피지컬 자료와 포지션 숙지 능력에 대한 따끈따
끈한 자료가 있었다.

"정말이지 이 자료가 사실이라면 세계 최강의 스페
인이라도 대등하거나 우세하게 경기를 할 수 있을 것
같은데 말이야."

김장한 감독은 스페인의 공격력은 높이 샀지만 그
시발점이 어니스터와 차비라는 것을 잘 알고 있기 때
문에 하는 말이었다.

반대로 그것을 뒤집어 생각한다면 차비와 어니스터
만 제대로 묶어둔다면 스페인의 공격은 그렇게 크게
파괴력이 없다는 것을 의미하는 것이기도 했다.

김장한 감독은 아무리 생각을 해도 다른 뚜렷한 대안이 없어 책상에 있는 자료를 가지고 스페인전에 임할 수밖에 없다는 결론을 내렸다.

"경석이가 어니스터를 맨투맨으로 막고, 차비는 기욱이가 맡는다. 너희 둘은 경기는 신경을 쓰지 말고 무조건 어니스터와 차비가 공을 잡지 못하도록 하고, 설령 공을 잡는다고 해도 제대로 된 패스를 하지 못하도록 꼭꼭 붙어 다니도록 해. 알겠나?"

"예. 알겠습니다. 감독님."

"예. 감독님. 죽어도 차비를 놓치지 않겠습니다."

"기욱아, 사소한 것에 목숨을 걸지 마라. 세상은 의지만 가지고 모두 이루어지는 게 아니다. 네가 맡을 차비는 네가 축구를 시작하려고 했을 때 이미 준비되어 있는 스타였다. 주니어 대표이기는 해도 이미 스페인을 대표해서 세계 무대에서 뛰고 있었다는 말이다. 네게 주어진 역할은 차비가 제대로 된 패스를 하지 못하게 방해만 하면 된다고. 내 말의 의미를 알겠지?"

"예. 알겠습니다."

권기욱은 아무 망설임 없이 씩씩하게 대답을 했다.

권기욱이 이렇게 자신하는 이유는 자신이 어제 밤새

도록 차비를 따라다니면서 마크했었고 왠지 그의 스타일을 잘 알고 있는 것처럼 느껴졌기 때문이다.

그것은 이경석도 마찬가지였다. 이경석도 꿈에 어니스터를 밤새 따라다니면서 그의 공격 스타일을 봐두었고 김장한 감독이 어떻게 그걸 알았는지 자신을 어니스터 전담 마크맨으로 삼았기 때문이다.

"스페인이 맨투맨 마크를 하면 형석이와 지민이가 리베로가 되어서 스페인 진영을 헤집고 다녀라. 만일 스페인이 지역 방어를 쓴다면 충효와 도형이가 중장거리 슛을 날리면서 상대 수비를 밖으로 끌어낸다. 알겠나?"

"예. 감독님."

"알았습니다. 감독님."

"그리고 너희들에게 꼭 당부하고 싶은 말이 있다. 이건 회장님께서 특별히 지시하신 것이기도 하다."

"……."

누리축구단 선수들은 최강권 회장이 특별히 지시했다고 하자 눈을 반짝이며 김장한 감독의 얼굴을 뚫어져라 쳐다보았다.

누리축구단의 그런 모습은 광신도들이 마치 교주(敎

土)의 복음을 들으려는 것 같았다.

"좋아. 후회 없는 경기를 하자. 이 경기가 끝나는 즉시 너희들 몸값은 천정부지로 치솟을 수도 있다는 것만 염두에 두어라. 알겠나?"

"예. 알겠습니다. 감독님."

"명심하겠습니다. 감독님."

누리축구단이 이렇게 전의를 불태우고 있는 동안 스페인 대표팀은 누리축구단의 출전 명단에 슈퍼 헥사곤이 없다는 것을 알고 한결 부드러운 분위기가 되어 있었다.

슈퍼 헥사곤의 공격력은 사실 그들로서도 은근히 겁이 날 정도인데 그들이 빠져 있다면 충분히 해볼 만한 상대라고 보고 있었다.

그리스가 두 골이나 넣을 정도의 수비라면 자신들은 최소한 네 골 정도는 넣을 수 있는데 자기네 수비면 어떤 팀이든 세 골 이하로 막을 수 있다고 믿는 까닭이었다.

감독 델 보스코 역시 슈퍼 헥사곤이 빠져 있는 누리 축구단은 크게 신경 쓰이지 않았다.

상대에 대해서 전혀 모르지만 자신 팀의 능력이 최고라는 것을 믿고 있었기 때문이다.

게다가 자신의 팀은 볼 점유율을 높이면서 상대의 간을 봐가면서 약점을 공략하는 팀이어서 상대를 아느냐, 모르냐 하는 따위는 그다지 신경 쓸 일은 아니라고 보았던 것이다.

[절대로 질 수 없는 경기다. 자! 이제부터 우리가 왜 세계 최고의 팀인지를 세상에 알려줄 차례다. 다들 준비됐겠지?]

[예. 감독님. 까짓 노랑 원숭이들 정도야 문제없습니다.]

[예. 감독님. 노랑 원숭이들에게 우리의 위대함을 알려주도록 하겠습니다.]

[하하하, 까짓 녀석들을 우리가 의식할 필요가 있을까요? 우리는 최고잖아요?]

스페인의 주장이자 최고의 골키퍼인 카이사스의 말에 다들 환하게 웃으며 동조를 했다.

스페인 선수들에게 슈퍼 헥사곤이 빠진 누리축구단

은 무적함대의 희생양에 불과할 따름이었다.

사실 스페인 축구는 벌써 몇 년째 최고의 자리에서 물러날 줄 몰랐다. 이렇게 스페인 축구가 강한 이유는 강한 인프라가 구축되어 있다는데서 찾을 수 있었다.

17세 이하 팀에서부터 벌써 10년 가까이 발을 맞춰 온 스페인 대표팀의 조직력은 패스 게임을 통해 경기장을 장악하는 새로운 공격 형태를 선보임으로써 축구의 신세계를 창출하는데 성공했다.

끊임없는 패스를 통해 상대의 약점을 찾다 불시에 그 약점을 물고 늘어지는 과감한 공격은 상대를 좌절시키기에 충분했다.

거기에 비해 누리축구단은 수비가 나름 보강되었다고는 하지만 주축 선수가 다섯이나 빠져나가 조직력에서 문제점을 노출하고 있었다.

게다가 지금 상대하고 있는 스페인은 한번 상대해 보았던 터키와 그리스에 비해서 한 차원이 높은 공격력을 갖고 있었다.

이래저래 누리축구단의 고전이 예상되지 않을 수 없는 것이다.

조심스레 팽팽할 것이라고 예상하던 전문가들도 누

리축구단의 공격 핵심이 모두 대표팀으로 차출된 것이 알려지자 대부분 스페인의 우세로 돌아섰다.

또한 경기 역시 전문가들의 예상대로 흘러가고 있는 듯했다.

스페인의 선축으로 시작된 경기는 스페인이 패스 게임을 통해 볼 점유율을 높이면서 누리축구단의 빈틈을 여기저기를 찔러보는 조심스런 출발로 시작되었다.

초원의 제왕 사자가 카이젤 영양을 사냥할 때도 최선을 다한다는 그런 식이었다.

그래서인지 6:4 정도의 우위만을 점할 뿐 일방적인 공격을 하지 않고 있었다.

그것은 누리축구단이 잘해서라기 보다는 스페인이 아직 누리축구단의 결정적인 약점을 찾으려 하지 않아서일 가능성이 컸다.

스페인이 처음 득점을 한 것은 전반 23분경이었다.

누리축구단 수비수 전광선이 스페인의 패스를 중간에서 가로채 하프라인으로 길게 외곽 처리한 것을 어니스터와 자리를 바꾼 차비가 수비 지역에서 빠르게 공간을 침투하는 호르디 알바를 보고 길게 패스했다.

호르디 알바 역시 논스톱으로 문전으로 달려드는 다

비드에게 패스했다.

패스를 받는 다비드 또한 볼을 잡지 않고 그대로 인사이드 논스톱 발리슛을 때렸다. 이렇게 단 세 번의 볼터치로 만들어진 스페인의 슛은 누리축구단의 골망을 가르기에 충분했다.

드디어 첫 골이 터졌다.

누리축구단이 비록 철벽같은 수비를 구축하고 있었지만 하프라인에서부터 차비를 시작으로 호르디와 다비드로 이어진 단 두 차례의 감각적인 패스는 누리축구단의 철벽 수비를 깨뜨리기에 충분했다.

경험이 부족한 누리축구단 수비수들이 공간을 침투하는 다비드를 놓쳤고 결국 한 골을 먹는 결과로 나타났던 것이다.

1:0(전반 23분, 다비드, 스페인)

골을 넣은 다비드의 포효하는 세레모니를 보는 권기욱의 눈에 자책감과 함께 묘한 열기가 어렸다.

자기가 봉쇄해야 할 차비를 제대로 막지 못해서 골을 먹었다는 자책감과 더 이상의 패스는 허용하지 않으리라는 각오를 다지는 열기였다.

그렇지만 그건 권기욱의 실수라고 하기 보다는 상대

가 너무 잘했다고 보는 게 맞을 것이다.

골을 넣고도 스페인은 공격의 주도권을 잡고 파상적인 공격을 계속하고 있었다.

아니, 한 골을 넣고 난 후 스페인의 공격은 더욱 예리해지는 것 같았다.

수년간 다져진 조화로운 팀워크를 바탕으로 허를 찌르는 스페인의 공간 패스에 누리축구단의 수비진은 적잖게 당황하고 있었기 때문이다.

사람들이 왜? 스페인을 세계 최강의 팀이라고 부르는지 알 것 같았다.

그럼에도 불구하고 스페인은 작정을 했다는 듯 공격의 고삐를 늦추지 않았다.

그나마 누리축구단에 다행인 점은 누리축구단 선수들의 스펙이 스페인보다는 한 수 위라는 것이었다.

월등한 지구력과 순발력을 바탕으로 끊임없이 뛰어다니며 경험의 부족을 메우고 있는 것이다.

그런데 누리축구단에 안타까운 것은 그 한 수 위의 스펙을 제대로 활용하지 못하고 있다는 것이었다.

그것은 아마도 경험이 일천하다는 데서 찾을 수 있을 것이다.

스페인 선수들은 지금까지 1,000 경기도 넘게 뛰었지만 누리축구단 선수들은 최고 많은 경기를 소화한 선수가 불과 100 경기 내외였다.

또한 스페인 선수들은 세계 최고 수준의 선수들과 경기를 숱하게 해봤지만 누리축구단 선수들 중에서 세계적인 선수들과 함께 경기를 한 선수들은 예닐곱 명에 불과했다.

그것도 그리스와 터키전을 경험한 선수들이 전부였던 것이다.

그리고 그 경험은 전적으로 무시할 수 없었던 것이다.

스페인은 이기고 있는 상황에서도 공격을 늦추지 않아 전반 38분에 또 한 골을 넣었다.

이번에는 어니스터를 시발점으로 아르벨로아와 토레스를 활용한 라인이었다.

하프라인에서부터 어니스터가 누리축구단 진영 중앙으로 파고들다 오버래핑하고 있는 아르벨로아에게 패스하였고, 아르벨로아는 토레스에게 연결하여 토레스가 논스톱 슈팅을 때린 것이 골이 된 것이다.

2:0(전반 38분, 토레스, 스페인)

스페인의 두 개의 골이 이렇게 모두 논스톱 패스에 의해서 이루어졌다는 점은 의미심장한 대목이었다.

스페인 선수들이 조금만 시간을 끌면 누리축구단 선수들이 어느 틈에 에워싸 버리기 때문에 별 다른 찬스를 만들지 못했던 것이다.

이 두 번째 골로 스페인의 승리가 거의 확정된 분위기로 바뀌었다.

일반적으로 체력이 떨어지면 개인기가 뛰어난 팀이 더 유리하다는 정설도 스페인의 우세에 더 가능성을 높여주고 있었다.

거기에 누리축구단이 전반전에 이렇다 할 찬스를 만들지 못한 것도 크게 작용했다.

빠른 주력을 이용하기 위해서 공간을 활용하는 패스를 했어야 하는데 경험이 많지 않은 누리축구단 선수들이 선수를 보고 패스했기 때문이었다.

전반이 2:0으로 끝나고 15분의 휴식 시간이 되자 누리축구단 선수들은 후반전에는 꼭 실점을 만회하자고 서로가 격려를 했다.

골을 먹으면 사기가 꺾이기 마련인데 누리축구단 선수들은 서로 격려하면서 마음을 다잡고 반격의 계기로 삼았다.

그래서인지 상대가 골을 넣는다면 우리도 넣을 수 있다는 자신감으로 충만했다.

이 자신감은 후반전에 그대로 경기에 반영이 되었다.

그 결과는 후반은 누리축구단의 선축으로 경기가 시작되었고 실점을 만회하기 위해서 누리축구단 선수들은 후반에는 더욱 공격적인 플레이를 펼치는 것으로 나타났다.

후반이 시작되자마자 오형석과 박지민은 탁월한 순발력을 앞세운 개인기로 채 정비가 되지 않은 스페인의 수비진을 무인지경인 양 헤집고 다니기 시작했다.

작정을 하고 공격을 하자 빠른 주력과 무극십팔기로 다져진 탁월한 순발력이 빛을 발했던 것이다.

거기에 스페인 선수들의 방심도 한몫을 한 것은 물론이었다.

오형석과 박지민의 개인기는 슈퍼 헥사곤의 박치수에 필적하는 개인기를 뽐내며 스페인의 수비를 흔들어 버렸다.

오형석의 센터링에 이은 신충효의 통렬한 오른발 강

슛이 크로스바를 강타하였다.

5cm만 낮았어도 스페인의 골키퍼가 손도 쓰지 못하고 골을 허용했을 안타까운 슛은 스페인 선수들의 가슴을 철렁 내려앉게 만들었다.

터엉.

비록 골은 들어가지 않았지만 골포스트를 부르르 떨게 만들어 스페인 선수들 전체에게 알 수 없는 불길함을 선사했다.

그나마 스페인에 다행스러운 것은 골포스트를 맞고 나온 볼을 피케가 잡았다는 것이었다.

그런데 그것은 순간의 다행일 뿐이었다. 보통 때 같으면 곧바로 공격진으로 패스해서 상대 수비진을 당황시켰을 텐데 박지민이 피케를 가로막고 시간을 끌어주는 사이에 누리축구단 선수들은 이미 백코트를 완료한 뒤였다.

192cm의 피케를 172cm에 불과한 박지민의 가로막는 모습은 마치 초등학생이 성인을 가로막고 있는 우스꽝스런 모양새로 보였지만 그 자체만으로 효과가 있었다.

피케가 어니스터를 겨냥하고 길게 패스한 볼을 미리

예상하고 있었던 이경석이 발 빠르게 인터셉트할 수 있었던 것이다.

그리고 이것은 기도형에게 패스되어 만회골로 이어졌다.

패스를 받은 기도형이 하프라인을 넘자마자 골키퍼가 방심한 틈을 노리고 장거리 슛을 날렸다.

어떻게 보면 성급한 것처럼 보이는 슛이었고 어떻게 보면 요행을 바라는 무리한 슛으로도 보였다.

그런데 기도형 선수의 비거리 48m의 이 통렬한 슛이 그대로 스페인 골망을 갈랐던 것이다.

2:1(후반 2분, 기도형, 누리축구단)

삐이익!

후반이 시작된 지 불과 2분도 채 되지 않은 사이에 드디어 누리축구단이 첫 골이자 만회골을 터트린 것이다.

이 골은 관중들로부터 환호성을 이끌어 내기에 충분했다.

―와아아! 누리축구단 최고다! 바로 그렇게 하면 되는 거야!

―와아! 기도형 파이팅!

입추의 여지없이 관중석을 꽉 메운 무려 3만여 명의 내외국인 관중들은 전광판에 아로새겨진 기도형의 이름을 읽고 기도형 파이팅을 연발하였다.

누리축구단이 만회골을 터트리자 스페인은 더욱 신중하게 경기를 운영했다.

볼 점유율 면에서는 여전히 스페인이 6:4 정도로 우세하였지만 정확한 패스를 고집한 까닭에 예리함이 떨어질 수밖에 없었고 그것만으로는 누리축구단의 철벽 수비를 유린할 수는 없었다.

반면에 만회골에 힘을 얻은 누리축구단 선수들은 마치 마라톤 선수마냥 경기장을 누비고 다녔다.

스페인의 패스 게임을 더 많이 뛰는 것으로 무력화시키려 하고 있었던 것이다.

거기에 스페인 선수들이 신충효와 기도형의 빠르고 정확한 장거리 슛에 신경을 쓸 수밖에 없는 것도 누리축구단의 수비에 큰 힘이 되어 주었다.

그런데 여기에 경험 미숙은 더 이상의 진척을 방해했다.

누리축구단 선수들이 이따금 스페인 선수들이 패스한 볼을 인터셉트해서 공격진에게 패스하려 했지만 손발이 제대로 맞지 않거나 패스가 정확하지 못해서 아웃이 되거나 상대편에게로 가기 일쑤였다.

그렇지만 경기는 일방적이던 전반과는 달리 일진일퇴를 거듭하며 후반 43분이 되었다.

이제 불과 2~3분 후면 경기가 끝날 것이다.

그런데 이처럼 후반마저 이대로 끝나려는가 싶던 찰나 반전이 전개되었다.

누리축구단의 박지민 선수가 하프라인에서부터 골에어리어까지 환상적인 개인기로 단독 드리블을 하며 지친 스페인 선수들을 농락한 끝에 통쾌한 골을 터트려서 경기를 원점으로 되돌려 버렸던 것이다.

2:2(후반 43분, 박지민, 누리축구단)

그런데 이대로 끝날 것 같던 순간에 또 다른 반전이 있었다.

정규 시간이 모두 끝나고 경기가 이대로 끝날 것이라는 전망이 나올 무렵 호르디 알바와 교체되어 들어온 후안이 빠르게 누리축구단의 골에어리어로 침투해 들어왔고 차비의 킬패스가 후안에게로 연결되었다.

이에 투덜이 전광선이 슬라이딩으로 상대 패스를 차단하는 순간에 뛰어들던 후안이 넘어졌다.

투덜이 전광선이 정확하게 볼을 잡았는데 노련한 후안이 헐리우드 액션을 취하며 넘어진 것이다.

투덜이 전광선이 잽싸게 일어나 볼을 처리하려는 순간 선심 스터리지의 깃발이 전광선의 반칙을 지적했다.

선심의 깃발을 본 주심 얄리야고는 기다렸다는 듯 즉각 휘슬을 불며 페널티킥 지점을 가리켰다.

스페인에게 페널티킥을 준 것이다.

누리축구단 선수들이 즉각 항의하며 후안의 헐리우드 액션을 지적했지만 주심은 아랑곳하지 않고 계속 페널티킥을 고집하였다.

그런데 스페인의 토레스가 페널티킥을 차려는 순간 전광판에서는 후안의 헐리우드 액션이 여러 각도로 비춰지고 있었다.

전광판의 화면상으로 보면 페널티킥은 명백한 오심이고 후안은 옐로우 카드를 받아야 마땅했다.

[우우우! 엉터리다!]

[주심은 물러가라!]

관중들의 야유 속에 스페인의 스트라이커인 토레스가 페널티킥을 성공시켜 스페인의 한 골 차 승리로 경기가 끝이 났다.

3:2(후반 47분, 토레스, 스페인)

스페인의 승리로 경기가 끝나고 스터리지 선심이 그리스인으로 밝혀지면서 스터리지가 작정하고 페널티킥을 준 것이 아니냐는 논란이 생겼다.

명백한 오심에 의해서 스페인의 승리로 경기가 끝이 났지만 인터넷에서는 누리축구단이 승리를 도둑맞았다고 떠들어댔다.

기대하던 세기의 대결이 오심으로 큰 오점을 남겼다는 아쉬움이 섞인 댓글이 빗발쳤다.

돈을 엄청 퍼주고도 승리를 도둑맞은 것에 대해서 사람들은 그룹 '환' 병신들이라고 말들이 많았다.

그런데 이것이 오히려 온누리배 국제 축구대회가 열리는 강원도로 전 세계의 이목을 집중시키는 결과를 가져왔다.

강권의 바람대로의 결과였다.

만약 누리축구단이 스페인을 일방적으로 몰아붙이거나 그 반대의 상황이 벌어졌다면 사람들은 무관심해졌을 것이다.

그런데 서로 대등한 경기를 벌이며 경기가 끝나자

온누리 국제 축구대회에서 어느 팀이 우승할 것인가가
초미의 관심사가 되어 버렸던 것이다.

사람들 말처럼 그룹 '환', 강권이 병신짓거리를 한
것은 아니었다.

강권은 세계의 이목이 스페인과 누리축구단 경기에
쏠리게 만든 후에 카벨 FIFA 회장을 쪼아서 징계위
원회를 열고 스페인과 누리축구단 전의 심판진들에게
거액의 벌금과 더불어 추방을 해 버린 것이다.

이른바 노이즈마케팅을 한 셈이었다.

이것으로 누리축구단과 대한민국은 국제대회에서
더 이상 불리한 판정을 받지 않게 만들었다.

또 하나의 관심을 불러일으킨 경기는 영월에서 벌어
졌던 독일과 대한민국의 D조 개막전이었다.

온누리배 국제 축구대회는 네 개 조가 경기를 벌이
는 장소만 달리할 뿐 경기가 벌어지는 시간은 똑같았
다.

따라서 독일과 대한민국전은 가장 빅게임으로 점쳐
진 스페인과 누리축구단의 경기에 밀려 세계인의 주목
을 받지 못했었다.

그런데 경기 결과가 3:3으로 끝났고, 3:1로 뒤지
던 후반 20분경에 교체해서 들어간 더러코 성재만과
뺀질이 박치수가 한 골씩 넣어서 무승부를 이끌었다는
것이 알려지게 되자 당장에 전 세계 축구팬들의 큰 관
심을 받게 되었다.

"어쩐지, 누리축구단이 스페인에게 밀리더라니. 그
렇다면 누리축구단이 핵심 멤버들을 대표팀에 차출당
하고 후보들을 내세우고도 스페인과 비겼다는 거네."

"어쩐지, 슈퍼 헥사곤이 나오지 않더라니 슈퍼 헥사
곤이 전부 대표팀으로 차출이 된 거였네?"

"그런데 왜 강만희 감독은 그들을 기용하지 않았던
걸까?"

"그거야 내 사람이 아니었기 때문이겠지? 누리축구
단 선수들은 한마디로 외인구단 같다는 거 아냐. 그래
서 기용하기가 꺼림칙했겠지. 이런 게 우리나라의 고
질병이라고."

"강만희 감독은 편을 가르거나 그럴 사람이 아니잖
아?"

"아님 왜 초반부터 기용하지 않았지? 질 것 같으니
까 마지못해 기용한 것 아냐?"

이런 억측이 설득력을 갖게 되자 다음 경기부터는 슈퍼 헥사곤을 선발로 기용하라는 엄청난 압력이 강만희 감독에게 가해졌다.

결국 강만희 감독으로서는 슈퍼 헥사곤을 기용하지 않을 수 없게 된 것이다.

제4장

누리축구단 선수들의 각성

(부제:호문클루스를 키워보세요)

첫 경기를 강호 스페인과 2:2로 비긴 누리축구단 선수들은 충분한 휴식을 취한 후에 다음 상대인 잠비아의 전력 탐색을 위해 컨퍼런스 룸에 모였다.

누리축구단 선수들이 백룡호에서 머무는 게 좋은 점의 하나는 정보 획득에 엄청 용이하다는 것이었다.

불과 몇 시간 전에 열렸던 프랑스와 잠비아 경기가 이미 애널리시스 파일로 만들어져 시뮬레이션을 통해서 잠비아의 장단점을 분석하는 데 사용되었기 때문이다.

원래 애널리시스 파일은 많은 자료가 있어야 더 정

확한 해법을 제시할 수 있는데 잠비아라는 팀의 영상 자료는 그다지 많지 않아 프랑스와 치른 경기만이 영상 자료로 제공되었다.

따라서 분석 자료라기 보다는 잠비아 선수들이 어떻다는 정도만을 확인할 수 있었다.

경기 결과는 예상외로 잠비아가 프랑스를 3:1로 이겼는데 프랑스 선수들이 설렁설렁 뛰는 것에 비해 잠비아 선수들이 몸을 사라지 않고 열심히 뛴다는 게 무척이나 인상적이었다.

그런데 이상한 점은 잠비아 대표팀의 선수들 대부분이 별로 이름을 들어보지 못한 신인들이라는 점이었다.

"감독님, 잠비아 대표 선수들 상당수가 우리가 알던 선수들이 아닌 것 같은데요?"

"잘 봤다. 이번 잠비아 선수들 대부분은 소속 클럽의 권유로 대표팀 차출을 거절했다는 후문이다. 그래서 잠비아 축구협회에서 고육책으로 자국 리그 선수들 중심으로 대표팀을 꾸렸다고 한다. 대신에 온누리배 국제 축구대회의 상금과 배당금을 전부 선수들에게 분배해 주기로 했다고 한다."

"감독님, 그런다고 저렇게 죽을 둥 살 둥 몸을 사리지 않고 뛰나요?"

"우리나라 K리그 선수들의 연봉이 상당히 높아졌다고는 하지만 유럽 4대 리그 선수들의 연봉에 비하면 10분지 1 수준에 불과하다. 그런데 아프리카 축구 선수들의 연봉은 그런 우리나라 선수들의 연봉보다도 훨씬 적다. 유럽 4대 리그 선수들의 연봉에 비하면 보잘것없는 수준이지. 그런데 온누리배 국제 축구대회에서 우승을 하면 상금이 1억 달러에 배당금도 그와 비슷할 것인데 그 돈을 선수들에게 배분해 준다는 말에 잠비아 선수들이 필사적으로 뛰고 있는 것이다. 원래 아프리카 선수들의 탄력과 유연성이 좋은데다 저렇게 필사적으로 뛰다 보니까 경기 내용이 좋을 수밖에 더 있겠나. 너희들도 지지 않으려면 정신을 바짝 차려야 할 것이다. 알겠나?"

"예. 감독님."

김장한 감독이 별로 영양가 없는 프랑스와 잠비아전의 영상을 누리축구단 선수들에게 보여준 이유가 이것이었다.

정확하게 말하자면 어린 누리축구단 선수들이 세계

최강의 스페인과 대등하게 싸웠으니까 세계 14위인 잠비아쯤이야 하는 방심을 하지 않도록 하려는 게 주 목적이었던 것이다.

사실 이번 대회에 참가하는 누리축구단 선수들은 거의 경기 경험이 없다고 보면 된다.

몇몇은 터키와 그리스와의 경기에 뛰었다지만 가장 정예 멤버들이 대표팀으로 차출이 되어 버렸다.

게다가 그때 뛰었던 선수들 중에서도 이번에 주전으로 뛰지 못하는 선수들도 있었다.

따라서 그때의 누리축구단과 이번 대회에 참가하는 누리축구단은 전연 별개의 팀이라고 보는 게 옳았다.

경험이 없는 선수들은 한 번 밀리기 시작하면 걷잡을 수 없이 밀려 버리는 수가 있다.

다행스럽게 스페인 선수들이 강하게 밀지 않았고 선취골을 내주고 빠른 시간 안에 동점골과 역전골을 성공시켜 자신감을 되찾을 수 있었다.

그런데 필사적으로 뛰는 잠비아 선수들과 경기한다면 그럴 수 있을까?

스페인전처럼 잘 풀린다고는 장담할 수 없는 것이다.

누리축구단 선수들은 비로소 김장한 감독의 마음을
이해하게 되었다.

❖ ❖ ❖

기도형은 185cm에 83kg로 축구 선수로는 최적
의 신체 조건을 가졌다.

고등학교도 축구의 명문인 동구 고등학교에 진학했
고 예정대로였다면 제대로 축구 엘리트 코스를 밟았을
것이다.

그런데 고2 여름 방학 무렵에 그의 인생이 완전 달
라지는 더러운 경험을 하게 되었다.

훈련을 마치고 집에 가다가 공원에서 강간당하고 있
는 여자를 구하려다 오히려 강간사건의 피의자가 되어
버렸다.

강간을 하던 녀석의 집안이 빵빵했던지 강간 피해자
가 거금을 받고 진술을 번복하여 가해자로 뒤바뀌게
되었던 것이다.

졸지에 정의의 사도에서 폭행 사건의 피의자가 된
기도형은 퇴학을 당하게 되었다.

돈 많고 빽 있는 놈은 범죄를 저지르고도 빠져나가고 돈 없고 빽 없는 놈은 좋은 일을 하고도 강간범의 오명을 뒤집어쓰게 되었던 것이다.

강간을 당했던 여자가 그래도 양심은 있었던지 고소를 하지 않았고 덕분에 기도형은 전과자는 되지 않았다.

그렇지만 기도형에게 불행하게도 강간을 했던 놈의 아버지가 동구학원 재단의 이사장이었다.

결국 기도형은 타의로 축구 선수의 꿈을 접을 수밖에 없었다.

우연한 기회에 누리스포츠단에 입단을 하기는 했지만 근 5년을 쉬던 몸이어서 누리축구단의 주전을 꿰찰 수 없었고 성재만에 밀려 터키전과 그리스전에 뛸 수 없었다.

그런데 성재만이 국가대표팀으로 차출이 되는 바람에 기회를 잡고 스페인전에서 40m가 넘는 장거리 슛으로 추격하는 골을 터트리는 바람에 졸지에 스타가 되어 버렸다.

그렇지만 아직 그의 포텐이 완전 작렬한 것은 아니었다.

이제 시작일 뿐이었다.

기도형은 천금 같은 이 기회를 놓치고 싶지 않았다.

이런 기도형의 간절함이 통했는지 기도형은 최강권 회장님이 자면서 쓰고 자라는 헬멧 '풀스'의 감추어져 있는 기능을 발견하게 되었다.

'풀스'에는 정확하게 킥하는 법이라든가, 실전에서 사용할 수 있는 축구 기술 등이 내장되어 있었던 것이다.

'이런 기능도 있었네?'

기도형은 '풀스'에 있는 무회전킥의 심화 과정이란 버튼을 눌러보았다가 깜짝 놀랐다.

으윽!

갑자기 머리 한쪽에서부터 발끝으로 찌르르 전기가 오는 것 같더니 근육에 힘이 들어가는 것 같았다.

마치 실제로 볼을 차고 있는 것처럼 말이다.

순간 '골대 정면 35m 무회전킥 골인이란' 자막이 머릿속에 떠오르는 것처럼 느껴졌다.

그것뿐만이 아니라 마치 자기가 실제로 공을 찬 것처럼 공의 궤적이 선명하게 느껴지기까지 했다.

'설마?'

기도형은 한편으로는 황당하면서도 한편으로는 신기해서 그대로 있었다.

이번에는 자기가 공을 찬 부분이 머릿속에 다시 입력이 되는 것 같았고 조금씩 차는 부분을 달리하면서 그 결과가 즉각 뇌리에 그려졌다.

그 다음부터는 거리가 늘어나거나 줄어들었고 상대가 방벽을 쌓았을 경우와 그렇지 않았을 경우, 방벽이 있을 경우 방벽의 높이에 따른 공의 궤적과 그 결과가 나타났다.

마지막으로 '골대에서 32~38m, 골대 정중앙에서 좌우로 15m 안에서의 무회전킥 성공률이 80%였고 그 범위에 있지 않는다면 무회전킥을 권장하지 않는다.'는 자막이 떴다.

그런데 이상한 것은 실제로 경기에서 자기가 공을 차고 있다는 느낌이 강해서 실제 경기에서도 무회전킥을 찰 수 있을 것 같다는 점이었다.

기도형은 점점 흥미가 생기는 것을 느끼고 몰입을 하게 되었는데 '씽크로율 100% 이제 생도는 원하는 곳으로 슈팅이 가능해졌습니다. 이제부터 회복 훈련을 시작하겠으니 생도는 잠시 기다려 주십시오.'란 자막이 떴다.

그리고는 차가 후진할 때 나오는 음악이 흘러나오면서 '회복 훈련을 준비하고 있는 중이니 생도는 잠시 기다리십시오.'란 자막이 계속해서 뜨는 것이었다.

한참을 기다려도 여전히 같은 자막과 같은 음악이 흘러나왔다.

"에이 씨, 한참 재미있었는데……."

기도형은 김이 팍 새서 투덜거리며 일어서려다 다리가 풀린 것처럼 느껴졌다.

그 느낌은 마치 엄청 훈련을 해서 다리가 풀린 것 같은 느낌이었다.

"설마? 이건 단순히 느낌일 뿐이겠지?"

그런데 느낌치고는 너무 생생했다.

실제로 다리가 풀려 있었던 것이다.

기도형은 시계를 보았다.

0시 20분.

11시 50분에 자려고 누웠던 것이 얼핏 기억났다.

불과 30분밖에 지나지 않았다.

'뭐야? 30분밖에 지나지 않았는데 몸이 이렇게 지친다는 거야?'

기도형은 이해할 수가 없었다. 하루 종일 훈련하고도 이러지는 않았기 때문이다.

"왜? 이런 거지? 단지 30분 정도밖에 지나지 않았는데 이렇게 지치다니⋯⋯."

마법은커녕 과학도 제대로 알지 못하는 기도형은 백 번 죽었다 깨어나도 그 이유를 알 수 없을 것이다.

자기가 누워 있는 침실과 '풀스'에는 마법과 첨단 과학이 합성되어 거의 하루 동안 무회전킥을 연습했다는 것을 어떻게 알 수 있겠는가?

게다가 무회전킥에 꼭 필요한 신경망과 근육을 두뇌에 강제로 각인시키는 것 등을 따진다면 그 효과는 최소 몇 년 동안 무회전킥을 연습한 것 이상일 것이다.

그런데 어떻게 그러한 것을 이해할 수 있겠는가?

'다시 한 번 해봐야겠어.'

기도형은 내심 이렇게 생각하고 다시 무회전킥의 심화 과정이란 버튼을 눌렀다.

버튼을 누르자 '회복 훈련 준비 중에 강제 종료되었습니다. 다시 회복 훈련을 시작하겠습니다.'란 자막이 떴다.

초등학교 5학년 때부터 운동 선수를 했던 기도형이

기에 회복 훈련의 중요성을 모르지 않았다. 그래서 '풀스'를 뒤집어쓴 채 그냥 누워 있었다.

그리고는 자기도 모르는 사이에 잠이 들어 버렸고 깨어나 보니 새벽 6시였다.

기도형이 일어나서 느낀 것은 몸의 컨디션이 최상이 라는 것이었다.

스물세 해를 살아오면서 한 번도 느껴보지 못했던 상쾌함이었다.

❖   ❖   ❖

"도형이 형, 혹시 형도 느꼈어?"

"나는 아직 숫총각이라서 한 번도 느껴보지 못했어."

"에이, 형도 참. 썰렁하기는. 그거 말고 '풀스' 말 이야. '풀스'."

"'풀스'가 뭐?"

기도형은 박지민이 무슨 얘기를 하고 있는 것을 대충 알 것 같았지만 모른 척했다.

왠지 말을 하면 '풀스'가 마법 같은 기능을 하지 않

을 것 같았기 때문이다.

그런 기도형의 얼굴을 보면서 박지민은 기도형도 자기와 같은 경험을 했다는 것을 알아차릴 수 있었다.

"형, 형도 알다시피 난 윙이잖아. 그래서 '풀스'에서 드리블을 주로 보았어. 그런데 어제 어니스터가 쓰던 라 크로퀘타가 있더라고. 워낙 인상적인 것이어서 그걸 눌러보았어. 한 10분 정도 했나? 그런데 씽크로율이 100%라는 거 있지. 어니스터보다 훨씬 더 잘할 거 같은 기분이 드는 거 있지."

"너는 10분 정도였다고?"

"으응, 10분 정도 지나니까 씽크로율 100%란 자막이 뜨고 다른 기술을 연습하시겠습니까? 라는 자막이 뜨던데?"

"그래서 어쨌는데?"

"어쩌긴 뭘? 플리플랩과 마르세유턴을 연습했지."

"그러고 나선?"

"회복 훈련을 하라고 하던데? 회복 훈련을 하다가 잠이 들었어."

그때 옆에서 듣고 있던 오형석도 비슷한 경험을 했다고 실토를 하는 것이었다.

기도형은 자신만 그런 경험을 한 게 아니고 누리축구단의 다른 선수들도 죄다 같은 경험을 했다는 것을 알게 되었다.

"얘들아, 실은 나도 어제 무회전킥에 대해서 마스터한 것 같아. 기분은 무회전킥을 쏠 수 있을 것 같은데 실제로는 어떻게 될지 모르겠어."

"도형이 형도 그랬구나. 나도 어니스터가 쓰던 라크로퀘타와 마르세유턴, 크루이프턴을 연습했는데 실전에서도 쓸 수 있을 것 같은 기분이 들었거든?"

"형석아, 너는 플리플랩 대신에 크루이프턴을 연습했나 보구나? 근데 너도 정말 실전에서 쓸 수 있을 것 같은 기분이 들더라고?"

"야! 내가 왜 거짓말하냐? 조금 있다 실험을 해보면 알겠지?"

"그래. 우리 조금 있다가 한 번 실험해 보자."

그때 옆에서 듣고 있던 수비수 이경석이 참견을 했다.

"지민아, 형석아, 니들이 어니스터가 주로 쓴다는 라 크로퀘타를 쓸 수 있을 거라고? 난 라 크로퀘타를 수비하는 법을 마스터한 것 같걸랑? 조금 있다 한 번 시험해 보자. 어때?"

"좋아요. 경석이 형. 좀 있다 한 번 해보자고요."

"형, 10만 원 빵 어때요?"

"10만 원? 좋아. 콜. 니네 둘이 다 할래? 아니면 누가 대표로 혼자만 할래?"

이경석의 제안에 박지민과 오형석이 서로 쳐다보면서 서로의 의중을 살피더니 박지민이 돈을 걸고 내기를 한다는 게 마음에 들지 않은 듯 오형석에게 양보를 했다.

반면 오형석은 내기와는 상관없이 팬텀 드리블이라고도 불리는 라 크로퀘타를 정말 자신이 쓸 수 있는지 꼭 시험해 보고 싶어 내기를 응하기로 했다.

이렇게 해서 오형석이 라 크로퀘타로 드리블을 하고 이경석이 막는 걸로 내기가 성립되었다.

그런데 그들의 내기는 아침 식사 후에 나타난 최강권에 의해서 무산되고 말았다.

"다들 지금 당장 너희들에게 배정된 헬멧을 가져오기 바란다."

누리축구단 아이들이 다들 자기 침실로 가서 '풀스'를 가져오자 강권의 다음 지시가 내려졌다.

"너희들이 '풀스'를 썼을 때 맨 우측 상단에 보면 숫자가 하나 있었을 것이다. 그 숫자가 50 이하인 사람은 손을 들어 보아라."

강권의 지시에 즉시 '풀스'를 쓴 아이들은 숫자를 확인하더니 3분지 2 이상이 손을 들었다.

가장 높은 숫자는 49였고, 가장 낮은 숫자는 12였다.

몇 가지 실험을 거치고 난 다음에 강권은 숫자가 가장 낮은 아이일수록 그만큼 신체적인 스펙이 증가했다는 결론을 도출해 낼 수 있었다.

그런데 문제는 더 이상 '풀스'를 쓰면 '해'가 위험하다는 것이었다.

이 '풀스' 시스템은 모자라는 마나석 대신에 '해'가 자신의 마나로 '풀스' 25개 전부를 통제하는 것으로 세팅을 한 것이 문제의 시발이었다.

문제는 우직한 '해'는 자신의 마나가 소모되는 것에는 추호도 신경 쓰지 않고 자기 의무만을 생각해서 무식하게 계속 마나를 공급하려고 한다는 점이었다.

사실 '달'이 '풀스'에 소모되는 마나가 예상했던 것보다 훨씬 많다는 사실을 발견하지 못했더라면 '해'

는 강제 휴식에 들어갈 정도로 '풀스'에 소모되는 마나는 엄청났다.

원인은 '풀스'로 인해서 아이들이 축구 기술을 연마하면서 발달시키는 근육 강화가 실제 소드마스터나 7서클 마법사가 되면서 하게 되는 바디체인지와 동일한 효과를 가진다는 것을 미처 알지 못했다는 데 있었다.

개개인으로 봐서는 부분적인 바디체인지에 불과했지만 25명 전원이 바디체인지를 하다 보니까 엄청난 마나 소모를 가져오게 되었던 것이다.

또 하나, 아이들은 하나에서 서너 개의 기술 훈련을 하다 잠이 들었지만 '풀스'의 가동 시간은 아이들이 잠이 들고 나서도 계속 되었다는 점이다.

결론적으로 아이들은 자기들도 모르는 사이에 자기에게 배당된 '풀스' 프로그램을 전부 소화했다는 것이다.

그 결과 '해'는 자신의 원래 마나량의 50% 정도만 남아 있게 된 것이다.

만약에 다시 한 번 더 아이들이 '풀스' 프로그램을 가동하게 된다면 '해'의 마나는 완전 소모가 되었을 것이고 마나가 희박한 지구에서는 '해'는 수만 년의 수면을 거쳐야 원래의 마나를 회복할 수 있었을 것이다.

사실 강권에게 있어서 '해'의 가치는 무궁무진했다.

25명의 누리축구선수단 아이들이 모두 SS급 축구선수가 된다는 것 정도는 '해'의 가치의 일만분지 일에도 미치지 못한다.

자라 보고 놀란 가슴 솥뚜껑 보고도 놀란다고 강권은 더 이상 누리축구단 아이들에게 신경을 쓰지 않기로 결정을 했다.

이 결정은 곧 누리축구단 아이들이 백룡호의 하선으로 나타났다.

원래 머물기로 했던 호텔로 돌아가게 되었던 것이다.

❖　❖　❖

느닷없이 메이비 검색어 1위로 떠오른 말은 '신문이가 작곡한 노래'였다.

Dr. Seer와 KM 소속 가수들의 합동 투어 콘서

트 때 리나의 어깨 위에 앉아 리나와 함께 공연을 하
면서 처음 선보였던 신문이가 다시 대중들의 이목을
사로잡게 된 것은 신문이에게 홀딱 빠져 버렸던 한 네
티즌 때문이었다.

온누리배 국제 축구대회 개막전인 스페인과 누리축
구단과의 경기에서 화동(花童)으로 나왔던 꼬마의 모
습에서 불과 1달도 안 된 사이에 바뀐 신문이의 흔적
을 발견해 냈던 것이다.

그녀는 즉시 인터넷에 신문이의 예전 모습과 바뀐
모습을 비교해서 올렸다.

이것은 곧 인터넷 수사대에 의해서 사실이라는 게
밝혀졌다.

tkfkd4848······ ; 예전에 제가 신문이라는 호문를
루스가 3배 정도 더 커질 거라고 올렸던 걸 기억하실
지 모르겠슴다. 그런데 그게 사실이 아니었슴다. 정확
하게 말하면 360% 정도 커졌다고 보심 됩니다. 그때
신문이의 키가 22cm였는데 지금은 80cm라고 함다.
글구 이게 다 성장한 거라고 하네염.

eoqkr5555…… ; 리나의 홈피에 신문이가 커가는 과정이 공개됐네여. 지금 신문이의 IQ가 102로 엄청 똑똑한 동물인 돌고래 이상의 IQ를 가졌다고 하는데 믿어지삼? 게다가 신문이는 생존에 대해서 걱정을 하지 않고 오직 자기가 흥미로운 것에만 관심을 쏟기 때문에 실제로는 IQ가 150 이상으로 보아야 한다고 하네염.

dndusg4444…… ; eoqkr5555…… 님의 말씀처럼 신문이는 엄청 똑똑하다고 하네염.

신문이가 노래를 엄청 좋아해서 작곡을 배우고 있는데 지금 신문이는 동요 정도는 작곡할 수 있다네염. 내 홈피에 신문이가 작곡한 동요를 올려놓았으니 퍼가실 분은 퍼가시기 바람.

wjdakf3692…… ; dndusg4444…… 님이 올려주신 신문이가 작곡한 [우리 언니]라는 노래를 잘 들었습니다. 학교 종이 땡땡땡처럼 단 8마디로 된 노래인데요 꽤 들을 만하네염. 컬러링으로 해도 될 듯.

ghans8888······ ; 신문이가 작곡한 [우리 언니]는 신문이가 리나와의 일상생활에서 느낀 것들을 노래로 만든 거라 하네염. [우리 언니]를 만들 때까지 대략 40일간 작곡을 배웠다고 하네염. 정말이지 놀랄 노자입다.

신문이가 작곡한 노래가 메이비 검색란에서 1위를 차지한 후로 그룹 '환' 의 생명공학연구부는 호문클루스에 대한 문의로 업무가 마비될 지경이었다.

그룹 '환' 은 그룹사 사장단 회의를 열어 대책을 논의한 결과 뜨거운 감자(?)를 원흉(?)인 최강권에게 떠넘기기로 결의하였다.

총대를 맨 사람은 당연하게도 최강권 회장과 상당한 인간 관계를 맺고 있는 김철호와 김미진이었다.

김철호는 최강권에게 읍소를 하고, 김미진은 친구인 노경옥에게 인간적으로 호소를 한다는 양동작전이었다.

"어르신 제발 대책을 세워주십시오."
"대책이라니 뭘 말이야?"

"호문클루스 신문이가 만든 노래 [우리 언니]가 메이비 검색어에서 1위를 차지하고 난 다음부터 문의 전화와 문의 메일을 검토하느라고 그룹 전체의 생산성이 1%가량 떨어졌습니다. 이건 올해 그룹 매출액을 2,723억 달러로 놓고 봤을 때 대충 잡아도 27억 달러 이상의 손해를 보고 있다는 말입니다. 뭔가 대책을 세워주십시오. 어르신."

"이 자식 아직도 정신을 차리지 못하고 뻥이나 치고 있을 거야? 생산성이 잠깐 떨어졌다고 매출이 1%가 떨어진다는 건 오바 아니야? 또 그건 그렇다 치고 신문이가 작곡을 하다니 도대체 그건 무슨 말이야?"

강권이 전혀 모르겠다는 듯 남의 다리를 긁는 소리를 하자 김철호는 그럴 줄 알았다는 듯 인터넷에서 떠도는 댓글들과 그룹 '환' 계열사에 문의 사항을 일목요연하게 정리해서 강권에게 디밀었다.

A4 용지로 무려 300여 장이었다.

거의 책 한 권 분량이라는 의미였다.

내용이 중복된 게 상당히 많은 것은 물론이었다.

"허, 이게 전부 호문클루스에 대해서 묻는 거란 말이지?"

"예. 그렇습니다. 어르신."

'이렇게 관심이 폭발한다는 것은 그만큼 돈이 될 수 있다는 거잖아. 이거 만들어 팔아봐?'

이렇게 관심이 폭발한다는 것은 만들어 팔면 그만큼 잘 팔린다는 얘기가 아니고 뭐겠는가?

"알았어. 한 번 검토해 보고 연락을 해줄게. 그만 가서 일 봐."

"예. 감사합니다. 어르신. 꼭 좀 부탁드리겠습니다. 만들 수만 있다면 완전 돈이 된다니까요?"

강권이 읽어보니까 주된 내용은 호문클루스를 갖고 싶은데 호문클루스가 도대체 어떤 거냐? 얼마냐? 하는 것들이었다.

강권은 다시 메이비에서 신문이가 작곡했다는 노래를 들어보았다.

딱 유치원 아이들이 부를 수 있는 수준의 노래인데도 댓글이 달린 게 장난이 아니었다.

'허어! 신문이 걔는 실패작이나 다름이 없는데도 저렇게 난리니 제대로 만든 거라면 난리도 아니겠는 걸?'

사실 강권이 신문이가 한 일에 대해서 잘 알지 못하

는 것은 나름 이유가 있었다.

우선 신문이 정도의 호문클루스는 썩 그렇게 잘 만들어진 것이라고는 볼 수 없었다.

'해'와 '달'의 계산에 따르면 신문이의 학습 용량은 대략 1기가바이트 정도였다.

그러니까 주인이나 집, 친한 인물 등을 기억하는 인식부의 용량이 500메가 정도고 순수하게 배운 것을 저장할 수 있는 용량(장기 기억장치)이 대략 500메가 정도다.

물론 컴퓨터와는 다르게 스스로 판단하여 배울 수 있는 에고 기능이 탑재되어 있기는 하지만 신문이의 에고 기능은 에고라 부를 수도 없는 엄청 조잡한 것이었다.

진짜 에고는 '해'나 '달' 같은 것이다.

'해'나 '달'과 같은 정교한 에고는 드래곤들도 몇 년 또는 몇 십 년에 걸쳐서 설계하고 만들어야 하지만 신문이의 에고는 카피 마법으로 양산할 수도 있는 것이었다.

그래서 예리나에게 신문이를 주고 난 다음에 신문이에 대해서 신경을 뚝 끊어 버렸고 신문이의 그 후의 행적에 대해서는 전혀 알지 못했던 것이다.

그런데도 그 불량 호문클루스라고 할 수 있는 신문이를 1억 원 정도면 사겠다는 사람이 엄청 많으니 정말이지 돈이 너무 많아서 썩어 문드러지는 사람들이 엄청 많은 모양이었다.

하기야 사자개라는 티베탄 마스티프의 가격이 보통 5~7억 원이라니 그에 비하면 신문이가 1억 정도면 완전 껌 값이지 뭐겠는가?

이거 돈이다 싶은 생각이 들자 강권이의 잔대가리가 팍팍 돌아가기 시작했다.

'신문이보다 약간 고급스럽게 만들어서 20만 달러 정도 받을까? 아니면 한정판으로 해서 한 1억 달러 정도 불러?'

호문클루스가 마법을 이용해서 만드는 것이라서 강권은 상품화에 대해서 썩 내키지 않았었다.

8서클의 마법사가 되면서 카르마의 체계에 대해서 어렴풋이 알게 된 후에 강권은 몇 푼 벌자고 그것을 어기는 모험을 하고 싶지 않았던 까닭이다.

그런데 신문이 정도면 호문클루스라고 할 것도 없으니 카르마의 체계와는 크게 상관이 없을 듯싶었던 것이다.

 강권은 '달'과 상의를 해서 판매 여부를 결정하기
로 했다.

 —주인아, 그러니까 카르마의 체계에 크게 위배되
지만 않는다면 호문클루스를 만들어 팔자는 말이지?

 "그렇지. 신문이 때문에 대략 2~3억 달러 손해를
보았다니까 그걸 만들어서 벌충을 하잔 말이지."

 —주인아, 그 정도라면 바다에서 바닷물 한 바가지
를 퍼낸 정도여서 카르마의 체계 교란에 대해서 크게
신경을 쓸 필요가 없어.

 "그럼 어떻게 하는 게 좋을까?"

 —주인, 이렇게 하면 어떻습니까? 노멀형으로 100
개를 생산해서 최하 100만 달러로 경매를 붙이고, 업
그레이드형으로 1~2개 한정판으로 만들어서 그건 1
억 달러를 최하로 해서 경매를 붙이는 것 말입니다.

 "경매를 붙인다라? 그거 괜찮겠는데? 노멀형은 어
떻게 하고 업그레이드형은 어떻게 만들 건데?"

 —노멀형은 신문이의 2~3배 정도의 용량으로 하고
업그레이드형은 노멀형의 20~30배 정도의 용량으로

하면 어떻겠습니까? 그 정도라면 카피 마법으로 해결하면 되니까 100여 기 정도는 며칠 걸리지 않아서 만들 수 있을 것 아니겠습니까?

"에고는 카피 마법으로 안 되잖아?"

—에고, 주인아, 싸구려 호문클루스를 팔면서 일당도 나오지 않는 에고를 사용해서 만들겠다고? 제대로 된 에고라면 얼마나 만들기 어려운지 알아? 위대한 존재들도 몇 년에 걸쳐서 설계하고 만드는 게 에고라고? 신문이 정도에 들어가는 에고는 유사 에고로 만들어도 떡을 친다고.

"유사 에고라……"

그렇게 따지면 노멀형은 컴퓨터 메모리로 2~3기가 바이트 정도의 용량이 될 것이고 업그레이드형은 대략 40기가바이트 이상의 메모리 용량을 가질 것이다.

그중에서 에고 부분이 차지하는 비중이 대충 10분지 1 정도인데 세련된 호문클루스일수록 그 비중이 조금 더 커질 것이다.

그렇다고 해봐야 테라급의 슈퍼컴퓨터에 비하면 새 발의 피라고 할 수 있었다.

그런데 '달'의 말에 따르면 최상급의 마나석과 미

스릴을 사용하면 슈퍼컴퓨터에 거의 필적하는 메모리 용량을 가진 호문클루스를 만들 수 있단다.

"그렇다는 말이지? 그럼 슈퍼급 에고 컴퓨터를 만들 수 있다는 말이잖아?"

─슈퍼급 에고 컴퓨터요?

"그렇잖아? 우리가 만든 호문클루스가 에고 컴퓨터의 일종이라고 볼 수 있는데 최상급의 마나석과 미스릴을 사용하면 슈퍼컴퓨터에 필적하는 호문클루스를 만들 수 있다며? 그게 슈퍼급 에고 컴퓨터 아냐?"

─하하하, 그러네. 주인아, 주인 말대로 최상급 마나석과 미스릴만 있다면 슈퍼급 에고 컴퓨터를 만들 수 있겠네. 주인아, 언제 날 잡아서 아스란계로 한 번 갔다 올까?

"아스란계로 갔다 오자고?"

─아스란계로 가서 최상급 마나석과 미스릴을 왕창 갖고 오면 슈퍼급 에고 컴퓨터를 엄청 만들 수 있잖아? 단백질 섬유와 탄소 섬유로 슈퍼급 에고 컴퓨터를 만들면 소드마스터나 7서클 마도사 이상의 전사가 되는데 그럼 세계 정복도 충분히 가능하잖아?

"지금도 세계 정복을 하려 든다면 못할 게 없는데

굳이 그렇게 할 필요가 있을까?"

빈말이 아니라 강권이 굳이 세계 정복을 하려고만 한다면 지금이라도 못할 것도 없었다.

그렇지만 그것은 카르마의 체계를 완전 붕괴시키는 것이었다.

카르마의 체계를 교란시키는 것만 해도 강권은 은근히 겁이 났다.

쪽바리들이 우리나라에 쇠말뚝을 몇 개 박아서 그 인과응보로 일본 열도가 침몰이 되는 판국에 카르마 체계를 완전 교란시킬 수도 있는 일을 벌인다면 그 결과가 어떻게 될지 상상이나 할 수 있겠는가?

카르마 체계가 교란되어 엘로스톤 화산이 폭발한다고 해도 세상이 거의 멸망하는 판국인데 카르마 체계가 완전 교란이 된다면 태양이 폭발할 수도 있지 않겠는가?

그렇지만 그런 것보다도 더 현실적인 이유는 가만히 두어도 어차피 대한민국은 향후 세계를 지배한다는 것을 알고 있는데 굳이 무리할 필요가 있느냐는 것이었다.

또한 자신이 쓸데없는 욕심을 부려 대한민국의 미래를 망칠 수는 없다는 것이 강권의 솔직한 심정이었다.

그러기에 '보라매' 라는 엄청난 이동 수단을 만들었으면서도 그것이 미래의 기술을 이용해서 만들었기 때문에 선뜻 포기하기도 했었다.

물론 강권은 인간이기에 욕심이 나는 것만은 어쩔 수 없었다.

그것은 세상을 자신의 발아래 두려는 정복욕이 있어서가 아니라 보다 넓은 세상에 가보고 싶다는 것이었다.

그동안 깨달은 카르마의 법칙에 따르면 보다 넓은 세상을 보고, 보다 많은 것을 알게 된다면 그만큼 더 해탈에 가까워질 수 있고, 그것은 곧 카르마의 법칙에 더 자유로워지는 길이 된다는 것이었다.

일체유심조라는 것은 내 안에 신성(神性)이 있다는 것이고 만물이 유아일체라는 것은 내가 곧 신이라는 것과 같은 의미다.

그것은 미물이든 만물의 영장인 사람이든 마찬가지다.

살아 있는 모든 것들은 신으로 진화한다는 것이다.

물론 그 진화의 끝이 전부 신이 되는 것이 아니라 중간에 소멸할 수도 있다.

그런데 카르마의 법칙에 자유로워진다는 것은 소멸에 자유로우면서 신(神)에 가까워진다는 것과 같은 의

미를 가지는 것이기도 했다.

생각이 여기에 미치자 강권은 욕심이 동했다.

'좋아. 한 번 해보자.'

강권은 최상급 마나석과 미스릴만 충분하다면 자신의 과학적 지식과 9클래스 경지에 이른 '달'의 도움으로 겉에서 보기에는 '보라매' 정도지만 내부는 어지간한 도시 크기의 우주선을 만들 자신이 있었다.

단지 큰 우주선을 만드는 게 아니라 우주선의 내부를 지구와 똑같은 환경을 만들 수도 있다. 그렇게 한다면 우주여행을 하면서도 지구에서와 똑같은 생활을 영위할 수 있을 것이다.

관건은 시간의 흐름이었다. 우주선의 내부야 타임슬로우 마법진에 의해서 1년을 하루 정도로 쓸 수도 있을 것이지만 외부의 시간 변화는 고정적일 수밖에 없다.

그렇다면 몇 년 또는 몇 십 년에 걸친 우주여행 끝에 지구로 귀환했을 때 벌어질 변화는 어떻게 감당할 수 있느냐는 엄청 민감한 문제가 될 수 있을 것이다.

가령 약혼을 하고 혼자 우주선에 승선했던 사람이 10~20년에 걸쳐서 태양계 끝까지 여행을 하고 온다면 그 사람은 불과 한 달 정도 여행을 하고 온 것에 불과하지만 지구에 있는 그의 약혼자는 이미 10~20년의 세월을 보낸 것이 될 것이다.

그럴 경우 그 갭을 어떻게 메울 수 있겠는가? 강권은 골치가 아팠다.

'에이, 모르겠다. 일단 눈앞의 일들이나 처리하자고.'

강권은 우선 호문클루스를 만들어 판 후에 적당히 짬을 내서 아스란계로 가서 마나석과 미스릴을 왕창 사오겠다고 마음먹었다.

지구에서 가져가는 물건들은 향수나 향신료 등 고가의 소비재 위주로 선택을 하고 아스란계 대륙 공용어가 기입된 상표를 부착해서 주문한다는 점에서 보면 *ODM방식으로도, **OEM방식으로도 볼 수 있을 것이다.

결론적으로 카르마의 체계를 교란시키지 않는 범위 내에서 지구와 아스란계의 중계무역을 통해서 원하는 것도 얻고 돈도 왕창 벌겠다는 얄팍한 속셈이었다.

카피 마법을 사용해서 강권의 지시를 받은 그룹 '환'의 홍보부에서 보도 자료를 배포하고 기자 회견을 자청했다.

보도 자료에 따르면 온누리 국제 축구대회의 결승전이 치러진 다음 날 경매 방식으로 호문클루스를 판매한다는 것이었다.

또한 경매 방식으로 판매될 호문클루스는 신문이의 2~3배 성능이 우수한 노멀형 호문클루스 100기와 노멀형 호문클루스보다 20~30배 성능이 뛰어난 업그레이드형 호문클루스 1~2기가 될 것이라고 했다.

기자 회견 당일 전세계의 수많은 언론사에서는 기자들을 보내 열띤 취재 경쟁을 벌였다.

호문클루스에 대한 관심이 그만큼 크다는 것을 반영하는 대목이었다.

―뉴욕 타임즈의 맥마흔 기자입니다. 귀사에서는 호문클루스를 만들어 판매한다고 하셨는데 호문클루스가 어떤 제품인지 구체적으로 설명해 주시겠습니까?

"호문클루스는 한마디로 말해서 인공적으로 만든 생명체라고 할 수 있습니다. 자연적인 유기체가 아니라는 점에서 보면 공상과학에 나오는 안드로이드나 로

봇과 유사하다고 할 수 있겠지만 신문이를 보시면 알 수 있듯 성장하고 스스로 사고할 수 있다는 점에서 보면 인간과 같은 생명체와 유사합니다. 물론 아직 인간처럼 완전하게 자아의식을 갖고 있지 못하고 감정을 갖지 못하며 주인에 종속되어 주인의 명령에 따라서 한정적으로 사고한다는 점에서 완전한 인격체라고는 볼 수 없습니다. 이런 것을 종합해 보면 로봇과 인간의 중간 형태의 인공 생명체라고 보면 되겠습니다."

―UPI통신의 제라드 기자입니다. 호문클루스를 주인에게 종속되어 한정적인 사고를 하는 인공생명체라고 표현을 하셨는데 종속의 정도와 한정적인 사고의 정도를 구체적으로 알려주시겠습니까?

"호문클루스는 주인에게 절대적으로 종속이 됩니다. 가령 주인이 무슨 일이 있어도 꼼짝하지 말라고 명령하면 설사 주인이 당장 죽거나 폭탄이 터지더라도 주인의 다른 명령이 있을 때까지 그 자리에서 꼼짝도 하지 않습니다. 단, 예외적으로 호문클루스가 주인의 명령을 거역하는 경우가 있는데 그것은 주인이 사람을 죽이라고 명령할 때는 호문클루스는 그 명령은 듣지 않습니다. 호문클루스를 만들 때 인간의 생명을 해치지 말라고 사전에 입력이 되어 있기 때문에 주인의 명령은 아무런 효과가 없습니다. 또한 한정적으로 사고를 한다는 것도 이와 비슷한 맥락입니다. 호문클루스는 원칙적으로 아무것도 모르는 어린아이와 같다고 할 수 있습니다. 호문클루스를 구입하실 때 사용 언어를 선택하시면 통상적인 의사소통이 가능할 정도의 언어 능력을 갖추게 되지만 그 이상의 것은 학습으로 호문클루스의 능력을 키워주셔야만 한다는 의미입니다."

─시대일보의 주인명 기자입니다. 학습으로 호문클루스의 능력을 키워주셔야 한다고 하셨는데 호문클루스의 학습 능력은 어느 정도입니까?

"학습 능력을 계량화한다는 것은 엄청 어려운 문제입니다만 쉽게 말해서 노멀형 호문클루스의 경우에는 IQ가 대략 110 내외가 될 것이고 장기 기억 용량은 대충 1기가바이트 내외가 되지 않을까 보고 있습니다. 업그레이드형 호문클루스는 IQ가 대략 130 내외에 장기 기억 용량은 30기가바이트 내외가 되지 않을까 생각하고 있습니다. 물론 이것은 어떻게 능력을 키워주느냐에 따라서 호문클루스의 능력이 2~3배의 차이가 있을 수 있을 것입니다. 특히 호문클루스는 스스로 사고할 수 있다는 점에서 컴퓨터보다 나을 수도 있습니다."

─보도 자료에 따르면 노멀형 호문클루스의 입찰가는 최저 100만 달라, 업그레이드형 호문클루스의 입찰가는 최저 1억 달러라고 되어 있던데 너무 비싼 것 아닐까요?

"그것은 결코 그렇지 않습니다. 일명 사자개라고 알려진 티베탄 마스티프 가격이 보통 50만 달러 내외입니다. 거기에 비하면 호문클루스의 가격이 결코 비싸지 않습니다. 여러분들은 신문이가 작곡한 곡을 들으셨을 것입니다. 노멀형만 해도 그런 신문이의 최소 2배 이상 업그레이드된 형태입니다. 업그레이드형 호문클루스는 노멀형의 무려 20~30배의 장기 기억 용량을 지녔습니다. 사고의 폭을 결정짓는 단기 기억 용량역시 최소 2~3배 이상의 용량을 가졌습니다. 업그레이드형 호문클루스의 IQ가 130 정도가 될 것이라고 말씀을 드렸습니다만 어떻게 학습시키느냐에 따라서 IQ 200 이상의 능력도 발휘할 수 있는 게 호문클루스입니다. 업그레이드형 호문클루스를 데리고 다니신다면 에고 컴퓨터를 대동하고 다니는 것 같은 효과를 얻으실 수 있을 것입니다. 게다가 세계에서 하나나 두 개 있는 정도의 희소성까지도 갖추고 있습니다. 결코 비싼 것이 아니란 점을 다시 한 번 주지시켜 드리고 싶네요."

이후에도 무려 1시간의 문답이 이루어졌지만 기자들의 질문은 끝이 없었다.

그런데 그 질문은 본질에 어긋나는 것이 많아 결국 그룹 '환'의 홍보담당관은 직권으로 기자 회견을 마쳐 버렸다.

*ODM(Original Development Manufacturing)방식
ODM방식은 주문자가 물품을 주문하면 하청업체가 책임을 지고 제품을 개발하고 생산해서 주문자에게 납품을 하고 주문자는 제품의 유통과 판매를 모두 책임지는 방식이다.

제조자 개발 생산이라고 말하기도 한다.

보통 기술력을 보유하고 있는 제조업체에서 제품을 개발하면 판매망을 보유한 유통업체에서 자사가 원하는 제품을 선택적으로 납품받아 유통에만 집중하는 시스템을 가리킨다.

이 같은 방식은 제조업체에서 자체적으로 기술을 개발하기 때문에 부가가치가 높고, 해외로의 판매가 이루어질 경우 개발 로열

티를 받는 등 고부가가치를 가지는 생산 체제로 평가받고 있다.

반면에 주문자 또한 기술 투자에 신경을 쓰지 않고 오로지 판매에만 집중할 수 있어 높은 이윤을 추구할 수 있다는 점에서 서로 Win—Win 할 수 있는 생산 판매 방식이다.

**OEM(Original Equipment Manufacturing)방식.

자사 상표가 아니라 주문자가 요구하는 상표를 붙여 부품이나 완제품을 생산하는 방식이다.

통상적으로 해외의 국제적 브랜드를 가진 대기업 등에서 주로 사용하는 생산 방식으로, 주문자 위탁 생산 또는 주문자 상표 부착 생산이라고도 한다.

유통망을 구축하고 있는 주문업체에서 생산성을 가진 제조업체에 자사에서 요구하는 상품을 제조하도록 위탁하여 완성된 상품을 주문자의 브랜드로 판매하는 형태를 취하는 게 보통이다.

대부분 인건비가 높은 선진국 등에서 높은 인건비로 인해서 가격 경쟁력을 상실할 우려가 있거나 이미 가격 경쟁력을 상실한 경우에 인건비가 비교적 저렴한 동남아시아 등지에 공장을 세우거나 현지의 제조 공장에 OEM 방식을 이용하여 제품을 생산하여 제3국으로 수출한다.

생산은 다른 업체에서 했으나 브랜드는 자사의 것이므로 브랜드의 가치를 빌려 제품을 판매하는 방식이다.

OEM 생산 판매 방식은 이미 경쟁 기업에서 기존 고객층을 확보한 시장에서도 매출을 올리는 것이 가능하다는 것과 제품의 대량 생산이 가능하기 때문에 효율적으로 제품을 생산할 수 있다는 장점이 있다.

제5장
사회 정의를 논하다

주간지로는 나름 알아주는 주간 동향의 부편집장이자 기자(?)인 정일국은 누리축구단과 잠비아의 경기를 보러 정선에 왔다가 우연히 기가 막힌 장면을 보게 되었다.

누리스포츠 훈련원의 원장인 정윤술이 미모의 미시와 데이트하고 있는 장면을 목격한 것이 그것이었다.

정일국은 순간 촉이 왔다.

학창 시절에 집안 **빽** 믿고 공부를 조금(?) 등한시해서 기자들의 로망인 3대 일간지 정치부 기자가 되지는 못했지만 집안의 도움을 받아(?) 주간 동향에 입사를 했다.

그렇지만 딴에는 기자로서의 감만큼은 자부하고 있었다.

'햐! 이거 특종이겠는데?'

어디선가 그룹 '환'의 2대 축의 하나가 엔터테인먼트이고, 그 엔터테인먼트의 수장이라고 할 수 있는 자가 정윤술이라는 얘기를 들었던 적이 있었다.

말하자면 정윤술 원장은 그룹 '환'의 CEO인 최강권 회장의 최측근이라는 소리였다.

그리고 지금 상황은 '환' 종합 엔터테인먼트사가 거액을 들여 온누리배 국제 축구대회를 열고 있는 시점이었다.

그런데 그 수장이랄 수 있는 자가 태연하게 애인과 대중이 지켜보는 가운데 데이트하고 있다면 이거야말로 엄청난 스캔들이 아니고 뭐겠는가?

지금까지 그룹 '환'에 대해 제대로 파헤친 매스컴이 없다는 것도 정일국의 가슴을 뛰게 하는 것이었다.

'바로 이거야. 그동안 나만 갖고 뭐라고 그랬었는데 이거 한 방이면 내 설움은 완전 끝나는 거야. 끝나는 거라고.'

잘되면 내 탓 못되면 조상 탓이라고 그동안 자기가 저질렀던 일들은 생각지 못하고 자기를 나무라는 집안 어른들만 탓하는 정일국이었다.

한마디로 정일국은 어렸을 적부터 사고뭉치였다.

중학교 때부터 일진으로 온갖 사고를 치고 다니다 급기야 대학 때는 특정범죄가중처벌법에 해당하는 범죄로 징역 3년에 집행유예 5년 형을 선고받는 등 천덕꾸러기 짓을 도맡아 해왔던 것이다.

사실 그의 집안이 빵빵하지 않았다면 지금쯤 별을 몇 개 달아도 달았을 것이다.

그동안 집안 어른들에게 받아왔던 천덕꾸러기 신세를 면할 수 있겠다 싶은 생각에 정일국은 마음이 들떠 있었다.

사실 그룹 '환'과 최강권은 기득권 세력에게는 해치워 버리고 싶은데 이렇다 할 명분이 없어 어쩌지 못하는 뜨거운 감자나 다름이 없었다.

범법 행위를 저지르기라도 하면 여론을 등에 업고 우르르 달려들어 물어뜯을 텐데 이건 도무지 틈이 없었다.

물론 힘에서 앞선다면 진즉에 해치웠을 텐데 힘에서

는 완전 열세였기 때문에 그러지도 못했다.

심지어 내로라하는 다국적 기업들도 어쩌지 못한다는 것을 알게 된 기득권 세력은 기회만 보고 몸을 사리는 수밖에 없었다.

그런 그룹 '환' 과 최강권에게 흠집을 낼 수 있는 일이 생겼으니 정일국이 들뜰 수밖에 없지 않겠는가.

정일국은 측면 지원이 필요해서 즉각 주간 동향 사장인 형에게 전화를 걸었다.

측면 지원이라고 해봐야 스카이라운지 형식으로 이루어진 정선 경기장의 S석의 입장료와 식사 대금을 취재비 명목으로 법인카드로 긁겠다는 것이었다.

물론 그동안 사고 친 것이 없었다면 까짓 정도야 아무 말도 하지 않고 법인 카드로 긁어도 아무 문제도 되지 않았을 것이다.

정일국의 할아버지 때부터 일제에 아부하고 정권의 실세들에게 딸랑거리면서 모은 재산은 어마어마해서 까짓 몇 푼 쓰는 거야 일도 아니었기 때문이다.

그런데 문제는 바로 얼마 전에 몽골의 희토류 광산을 개발한답시고 큰 거 한 건을 저질렀다는 데 있었다.

100억까지는 아니라도 수십억에 가까운 돈을 사기 당한 게 그것이었다.

그래서 벼룩도 낯짝이 있다고 상당 기간 동안은 자숙할 필요가 있었던 것이다.

사실 몇 백 정도라면 측면 지원까지도 받을 필요도 없었을 것이다. 그런데 300만 원대의 SS석 가격과 이번 온누리배 국제 축구대회 기간 동안에만 특별하게 맛볼 수 있다는 와인의 가격이 그가 생각하기에도 다소 비싸기에 어쩔 수 없었다.

"형, 대박이야, 거 있잖아? 누리스포츠 훈련원의 원장 말이야. 젊은 여자와 놀아나고 있어. 보이지? 취재해 갈 테니까 그렇게 알고 있어. 참, 법인카드 긁는다."

정일국의 형인 정일성은 화면에 보이는 정윤술과 묘령의 여자를 보면서 짜릿한 전율을 느꼈다.

이거 대박이 따로 없었다.

다음 대선 때 정권을 잡기 위해서는 최강권을 먼저 잡아야 한다는데 중론이 모아졌는데 그 수단이 만만치 않았다.

그런데 이건 온누리배 국제 축구대회와 맞물려 최강

권을 끌어내릴 수단으로 충분할 것 같았다.

다음 대선 때도 서원명이 대통령을 하게 된다면 우익보수는 완전 끝나 버릴 수도 있다는 위기감에서 우익보수 진영은 이미 배수진을 친 상태였다.

이 우익보수 진영의 다른 얼굴은 바로 친일 매국 세력이었다.

"그래. 알았다. 일단 동영상 먼저 보내라."

"콜."

'세상에! 와인 한 잔에 1,000만 원이라고? 그만한 가치가 없다면 우리 신문에 왕창 때려줄 거야.'

이런 생각을 하면서도 문득 들은 것이 생각나 정일국은 나름 기대를 하고 있었다.

이 와인이 불과 얼마 전에 세계 10개국 정상들로부터 극찬을 받았던 그 와인이 아닌가 하는 게 그것이었다.

정일국이 못 말리는 와인광이 아니었다면 굳이 법인카드를 쓰려고 고민을 할 필요도 없었을지도 몰랐다.

스카이라운지 형식의 SS석은 그가 생각하기에도

최상급이었다.

나름 축구광이어서 세계에서 내로라하는 경기장들을 다 가보았지만 이곳만큼 시설이 괜찮은 곳은 없었다.

우선 축구 경기장을 볼 수 있도록 만들어진 유리가 무슨 재질로 되어 있는지는 몰라도 보는 사람이 마치 그라운드에 서 있는 것처럼 완전 입체적으로 보였다.

게다가 SS석 가격이 워낙 비싸다 보니까 어중이떠중이들이 하나도 없다는 점도 딱 그의 마음에 들었다.

조금 기다리고 있으려니까 한 점에 50만 원 하는 참치 10점과 함께 와인이 배달이 되었다.

와인이 배달되자마자 정일국은 와인잔을 가볍게 쥐고 흔들면서 코로 가져가 와인의 향기를 음미했다.

꽤 능숙한 솜씨였다.

"으음, 바로 이거야. 완전 생생한 포도 향이 나는 가운데 은은한 오크 향과 바닐라 향이 어우러진 이 내음. 와! 이거 냄새만 맡아도 죽이는 걸?"

아닌 게 아니라 이 와인의 향은 엄청 특별했다.

와인광인 정일국은 현지에서도 한 병에 150~200만 원 가는 로마네 꽁띠나 1,000만 원 이상인 샤또 뒤겡, 샤또 마고, 샤또 라휘트 로칠드까지도 마셔본 바 있었지만 이 와인과는 비길 바가 아니었다.

"한 병에 1억 2천만 원이 넘었던 1811년 빈티지 샤또 뒤겡의 맛도 아마 이보다는 못할 거야."

정일국은 '카이저피아'의 연희에게 필이 꽂혀서 1811년 빈티지 샤또 뒤겡의 경매에 참가하지 못했던 일이 생각나 이렇게 중얼거렸다.

나중에 1811년 빈티지 샤또 뒤겡의 경매가 열렸었다는 것을 알고 얼마나 아쉬웠던지 정일국은 몇 년 동안 가슴이 저렸던 기억이 났다.

아니, 지금도 그때의 기억에 가슴이 저리는 것 같았다.

이처럼 정일국은 소믈리에 자격증이 있는 것은 아니지만 와인에 관해서만큼은 전문 소믈리에 못지않은 해박한 지식을 갖고 있었다.

그게 다 고등학생 때 강간을 저지르고 프랑스로 도망을 치듯 유학을 가서 몸소 체험했던 생생한 산지식이기도 했다.

한참 동안 향을 음미하던 정일국은 와인 한 모금을 입에 머금고 입안에서 와인을 혀로 굴리며 와인의 맛을 느꼈다.

얼마 지나지 않아서 정일국의 입에서 절로 감탄이 나왔다.

"와아! 우리나라에서도 이런 와인이 나올 수 있단 말이지?"

와인은 보통 떫은맛과 신맛 그리고 단맛이 어우러져 독특한 풍미를 갖는다. 좋은 와인일수록 깊은 맛이 나게 마련이다.

그런데 이건 거기에 더해 쓴맛과 짠맛, 매운맛까지도 절묘하게 어우러져 있는 것 같지 않은가?

그 맛이 얼마나 오묘하고 깊었던지 눈물마저 찔끔 나왔다.

그만큼 정일국은 감명을 받았던 것이다.

"좋아. 어떻게 해서든 나도 이런 와인을 꼭 만들고 말겠어."

정일국이 눈물을 찔끔 짜며 평생의 목표를 결정하려는 순간 바로 옆 좌석에서 그의 인생에 전혀 도움이 되지 않을 훼방이 행해지고 말았다.

"엄마, 저기 저 애들이 내 밑에 있는 선수들이야. 누리축구단이라고 이제 세상에서 제일 축구를 잘하는 팀으로 알려지게 될 거야. 엄마, 쟤들이 내 쫄따구들이라고."

정윤술의 이 상상 밖의 말에 정일국은 황당해졌다.

'저 인간 도대체 뭐라고 씨부리는 거야?'

자기보다 10살이 많은 정윤술이 엄마라 부르며 애교 아닌 애교를 부리고 있는 여자는 아무리 늙게 본다고 해도 30대 초반으로 보였기 때문이다.

근 20년에 이르는 여성 편력으로 다져진 그의 시각에 따르면 옆 좌석의 여인은 분명 30대 초반이었다. 이건 내기에 무엇을 건다고 해도 이길 자신이 있었다.

'저 인간 저거 어떻게 된 인간 아냐? 사이코패스 중에 새디스트나 마조키스트가 있다는 말은 들어보았지만 젊은 여자에게 엄마라고 부르면서 행복감에 도취하는 사이코패스가 있다는 말은 전혀 들어보지 못했는데. 신종 사이코패스인가?'

정일국은 정윤술이 종씨에다 멀다면 멀고 또 가깝다면 아주 가까운 친척뻘이었기 때문에 취재 대상인 정윤술에 대해서 안다면 나름 알고 있었다.

그의 기억에 따르면 정윤술의 모친은 최소한 70대 이상인 것으로 알고 있었다.

작년인가, 진주 정씨 종가에서 선산 문제로 문중의 종친회가 열렸을 당시에 보았던 정윤술의 모친은 다 늙은 노파였었기 때문이다.

그런데 불과 1년이 조금 넘은 짧은 기간 동안에 깨달음을 얻어 반노환동(反老換童)이라도 했다면 몰라도 어떻게 이렇게 젊어질 수가 있겠는가?

게다가 정윤술은 편모만 있기 때문에 새어머니가 생길 건더기도 전혀 없지 않는가 말이다.

'이건 분명 특종이야. 정말로 특종이라고.'

정일국이 이렇게 생각을 하고 있는데 이번에는 더욱 황당한 일이 벌어졌다.

"애야, 술아, 지금 너의 그 말은 잘못된 것이다. 저 아이들은 어디까지나 회장님께서 키우신 아이들이고, 또 네가 속해 있는 회사가 회장님 것이 아니더냐? 그렇게 따진다면 저 아이들은 어디까지나 회장님 아이들이 아니겠느냐?"

"어, 어머님, 죄송합니다. 제가 잘못 생각했습니다."

"나에게 죄송할 것 없다. 나는 30에 홀로 되어서 너희들에게 아무것도 해준 것이 없기 때문이다. 하지만 회장님께서는 무법천지에서 사는 너를 이만큼이나 훌륭하게 만들어주지 않으셨느냐? 인간이라는 것은 은혜를 잊어서는 안 된다. 특히 밖으로 돌아야 하는 사내자식은 더더욱 그래서는 안 된다. 네가 은혜를 모르는 표리부동한 자라면 누가 너를 끌어주고, 누가 너를 따르겠느냐? 사회생활이라는 것이 왜 사회생활이더냐? 모여서 산다고 사회생활이 아니더냐? 독불장군은 사회에서 살아남을 수 없다는 것을 반드시 명심해야만 한다."

"예. 어머님, 명심하겠습니다."

정일국은 자신의 귀를 의심해야 했다.

아무리 보아도 30대 초반으로 보이는 여자가 40대 초반인 정윤술에게 천연덕스럽게 하대를 하는 것이 아닌가.

마치 정윤술의 친모인 것처럼 말이다.

그런데 더 황당한 것은 더 늙어 보이는 정윤술이 아무런 이의 제기를 하지 않고 수긍했다는 것이다.

'어, 이거 정말 어떻게 된 거냐?'

정일국은 아무리 생각을 해도 이해가 되지 않았지만 분명 무언가 있다고 생각하고 젊은 미시의 얼굴을 찬

찬히 훑어보았다.

그러자 눈앞의 이 젊은 미시를 언젠가 본 것 같다는 생각이 들었다.

'어디서 보았지?'

아무리 생각을 해도 기억이 나지 않았다.

중학교 2학년 때부터 시작해서 근 20년간 그와 배꼽을 맞췄던 여자들이 1,000명은 족히 되었기 때문에 그들을 다 떠올릴 수도 없었던 것이다.

그런 그의 귀에 위협적인 목소리가 들려왔다.

"이봐! 자네, 뭐야?"

그에게 위협을 가한 자는 바로 정윤술이었다.

정일국은 선수다.

정윤술과 노는 물은 달랐지만 이미 산전수전을 다 겪은 백전노장이었다.

척하면 척이고 쿵하면 호박 떨어지는 소리라고 정윤술의 살기 어린 위협이 뭐라는 것쯤은 꿰고 있었다.

단순한 물음이었지만 그 물음의 의도하는 바가 '눈깔 확 뽑아 버리기 전에 저리 꺼지지 못해!' 라는 걸 잘 알고 있었다.

정일국은 정윤술의 전직(前職)을 잘 알고 있었기 때

문에 얼굴이 새파래지면서 어버버거렸다.

그렇다고 정윤술에게 함부로 덤벼들 수는 없었다.

법보다 주먹이 가깝다고 자칫하면 뒈지게 얻어맞는 수가 있기 때문이었다.

게다가 먼저 잘못을 저지른 사람은 엄연히 자기여서 정일국의 뒷배가 아무리 좋다고 해도 뒈지게 맞고도 하소연하지 못할 가능성이 컸다.

그런데 대답도 못하고 땀만 삐질삐질 흘리고 있는 정일국을 구해준 사람은 뜻밖에도 젊은 미시였다.

아들의 얼굴을 보면서 얘기하다가 아들의 호통에 돌아보면서 정일국을 발견하게 된 모양이었다.

금옥자 여사는 아들에게 준엄하게 말했다.

"애야, 술아, 저분에게 함부로 하지 말거라. 저분이 너보다 어려도 너에게는 9촌 당숙이시다."

"예에? 9촌 당숙이시라고요?"

"그렇다. 이분이 돌아가신 네 아버지 8촌 동생이시다. 내가 어른들에게 그렇게 하라고 가르쳤더냐?"

"죄송합니다. 어머님."

금옥자 여사의 말에 정윤술의 태도는 금방 고분고분해졌다.

요즘 같은 시대에는 재종(6촌) 형제만 해도 데면데면하기 일쑤인데 다시 한 다리씩 더 걸치고도(8촌) 한 다리 더 떨어진 사이니 남이라고 봐도 무방한 사이였다.

그런데 봉화 금씨 종갓집에서 자라난 금옥자 여사의 생각은 그게 아닌 모양이었다.

정윤술의 모친인 금옥자 여사는 나이 30에 혼자되어서 애들을 혼자 힘으로 키우면서도 특별한 일이 없으면 정씨 문중 일에 빠지지 않았다.

돈이 없어 대우를 받지 못했지만 몸으로 때우면서라도 되도록 문중 행사에는 참가를 했다.

부엌에서 허드렛일이나 하고 있으니 정일국이 알 턱이 없었지만 작년에는 형편이 나아져 빵빵하게 돈을 풀자 나이도 있고 해서 허드렛일은 면하게 되었고 한쪽 구석에서나마 상을 받을 수 있었다.

금옥자 여사의 입에서 도련님이라는 말이 나오자 정일국은 비로소 이 젊은 미시에게서 예전에 종친회에서 인상 깊게(?) 보았던 모습이 떠올랐다.

여자답지 않은 역팔자(逆八字)의 호걸스럽게 두툼

한 눈썹하며 입술 바로 밑의 점이 워낙 특이해서 분명히 기억하고 있었기 때문이다.

정일국은 자신의 상식으로는 도저히 이해가 되지 않는 무슨 일이 벌어졌다는 것을 직감할 수 있었다.

'이거 좀 캐보아야 할 문제인 것 같군.'

정일국은 카이저피아 시절 아는 동생인 김철호와 어렵게 자리를 마련할 수 있었다.

"어이, 김 사장, 오랜만이야. 그런데 정윤술 원장의 모친인 금옥자 여사 어떻게 된 거야?"

"아! 형, 그게 저어……."

"씨파, 이거, 선수끼리 왜 이래?"

"형, 그게 우리 회사 기밀이라서 말이야. 내가 다시 알아보고 연락해 줄게."

"알았다. 그럼 너만 믿는다."

"고마워. 형."

이 한 통의 전화가 세상에 '하나로 캡슐'의 선풍을 불러일으키리라고는 꿈에도 생각지 못했다.

최종 결정권자인 최강권이 언제부터인가 신기술들

의 공개를 꺼려 했는데 그것들 중에 '하나로 캡슐'이 포함이 되어 있었다.

신기술의 공개로 돈을 벌기를 꺼려 하는 이유는 그것들이 카르마의 체계를 뒤흔드는 기술들이라는 데 있었다.

이 '하나로 캡슐'만 해도 원래 주인이랄 수 있는 사람은 중국인 재벌인 리카오슝이고 이 '하나로 캡슐'이 개발되는 시기는 23C 초반이다.

그 말은 '하나로 캡슐'의 원래 주인이 최강권이 아닐뿐더러 무려 200여 년을 미리 당겨오는 기술이란 말이었다.

그렇기 때문에 '하나로 캡슐'을 미리 공개한다는 것은, 또한 그것으로 돈을 벌어들이는 것은 카르마의 체계를 심히 침해할 수 있는 사건이 아닐 수 없었다.

최강권이 가장 우려하는 것이 바로 그 점이었다.

가만히 두어도 대한민국의 국운은 세계 주도국으로 올라설 것인데 굳이 몇 푼 더 벌자고 카르마의 체계를 흔들면 되겠냐는 것이었다.

물론 리카오슝이 설립한 장수연구소에서 만든 바이오캡슐과 '하나로 캡슐'은 만든 기술이나 성능에 있어서 상당히 다른 것이기는 했다.

말하자면 과학 기술만을 사용해서 만든 바이오캡슐과는 달리 '하나로 캡슐'은 과학에 마법을 접목시켜 만들었다는 점에서 두 제품은 전혀 별개의 것들이었다.

그럼에도 불구하고 선무당이 사람 잡는다고 최강권이 8서클에 오르기 전만 해도 전혀 신경을 쓰지 않았던 카르마를 따져 가며 쓸데없을 정도로 몸을 사리고 있다는 것이다.

그런데 일반에게 공개하지 않으려 했던 '하나로 캡슐'을 공개할 수밖에 없는 사건이 터졌다.

인터넷과 C, G, D로 대변되는 우익 보수 진영의 일간지들이 일제히 그룹 '환'은 외국 사람들에게 해마다 수백 억 달러나 되는 거금을 퍼주는 반민족 기업이고 그룹 '환'의 임원진에 불륜을 저지르는 자가 있다는 것이었다.

그 증거로 재단법인 '홍익인간'이 작년과 올해 집행한 집행 내역서가 공개되어졌고 정윤술이 금옥자 여사를 모시고 누리축구단과 잠비아전을 관람하려는 동영상이 '한낮의 불륜'이라는 제명(題名)으로 인터넷에 올라온 것이다.

작년과 올해 재단법인 '홍익인간'에서 집행한 금액을 합하면 얼추 200억 달러 정도였다.

그런데 그 200억 달러가 전부 제3세계 사람들을 위해서 쓰여졌고 우리나라 사람들을 위해서는 단 한 푼도 쓰여지지 않았다는 것이 문제가 되고 있는 것이다.

인터넷에는 이내 그룹 '환'에 대한 악플이 매달리기 시작했다.

CGRFE3285…… ; 정말이지 할 수만 있다면 그룹 '환'의 경영진들의 머릿속을 해부하고 싶다. 우리나라에도 해마다 수십 만 명의 극빈자들이 가난에 시달리고 있는데 그런 사람들은 하나도 돕지 않고 외국인들만 돕는단 말인가? 그러고도 한국 사람인가? 우리나라에서 돈을 벌어서 제3세계 사람들을 위해서 쓸려면 차라리 제3세계에 나가서 살아라.

RHFQLS3389…… ; 최강권 회장에 대해서 나름 괜찮게 생각하고 있었는데 이제 그 생각을 바꿔야 할

듯. ㄲㄲㄲㄲ. 우리와 한 핏줄인 수백만의 북한 동포
들이 얼마 떨어지지 않은 곳에서 헐벗고 굶주리고 있
는데 우리와 전혀 피가 섞이지 않은 제3세계 사람만
돕고 정작 우리 동포들은 외면한다면 뭐가 잘못되도
한참 잘못된 듯. ㄲㄲㄲㄲ.

TMQJF7895…… ; 쓰벌X들 우리나라에서 돈을
벌었으면 어느 정도는 우리나라 사람들에게 풀어야 하
는 거 아냐? 개쓰벌XX들 그렇게 아프리카가 좋다면
차라리 아프리카에서 나가 살던가? 우리나라에서 살
면서 그렇게 계속 약을 올리면 다 때려 죽여 버릴 거
니께 작작들 혀라.

Dhapwlfkf3323…… ; 그러니까 믿을 놈 하나도
없다니까. 나름 의식이 깨어 있다고 믿었던 그자도 결
국은 노벨평화상이나 노리고 있는 속물인 듯. 이제 돈
은 벌만큼 벌었으니 명예를 생각한다는 건가, 뭔가?
제기랄, 노벨평화상을 사오려고 해마다 100억 달러씩
처들인다니 도대체 얼마를 쳐주고 노벨평화상을 사오
려고 그러나? 하! 정말이지 지랄 같은 세상이야. ㅠ

ㄲㄲㄲ.

ID Dhapwlfkf 3323……의 노벨평화상 드랍은
졸지에 엄청난 인터넷 논쟁을 불러일으켰다.

노벨평화상을 위해서 수백억 달러를 쓰는 거라면 특
별법을 정해서라도 국부의 해외유출을 막아야 한다고
주장하는 사람도 있었고, 국정조사권을 발동해서라도
철저하게 밝혀야 한다고 주장하는 사람들까지 생겨났
다.

그렇지만 순수하게 개인이 자금을 출자하여 만든 재
단법인의 자금집행 사항은 특별법으로 관여할 사항도
국정이 아니니 국정조사권의 대상도 아니라는 주장에
설득력을 잃어버렸다.

문제는 논리야 어떻든 간에 일단 우기고 보려는 자
들이었다.

그들은 일단 머리띠를 두르고 국회 앞에서 단식농성
에 돌입하면서 모든 국가 권력을 동원해서라도 그룹
'환'의 비상식적인 국부 유출을 막아야 한다고 주장
했다.

그렇잖아도 온누리배 국제 축구대회가 퍼주기 대회

라는 논란이 채 가라앉기 전이어서 국민들 대다수가 재단법인 '홍익인간'의 자금집행에 대해서 부정적이었다.

이렇게 여론이 너무 좋지 않게 돌아가자 결국 서원명 대통령은 강권에게 기자 회견을 열어서 재단법인 '홍익인간'의 자금 집행에 대해 해명하라고 권유하기에 이르렀다.

"이봐, 정암이, 자네도 정말 내가 기자 회견을 열어서 재단법인 '홍익인간'의 자금 집행 사항에 대해 시시콜콜 해명해야 된다고 생각하나?"

─하하하! 어쩌겠나? 이러다 자칫 심각한 국론 분열이 일어나 이를 오판한 북한에서 남침이라도 하면 심각한 일이 벌어지지 않겠나?

"이런 젠장! 이게 뭐 돼먹지 않은 일인가 말이야. 무조건 우기면 장땡이라는 빌어먹을 우격다짐은 언제까지 계속될 건데?"

─하하! 어쩌겠나? 하지만 그 우격다짐이 있었기 때문에 우리나라가 한강의 기적을 이루었다는 것을 생각하면 꼭 그렇게 비판적으로만 볼 필요는 없지 않

겠나?

서원명 대통령의 말에 최강권은 어이가 없었다. 우리나라 국민 대다수가 3공의 주체를 나라를 구한 영웅으로 떠받들고 있지만 최강권은 이에 대해서 엄청 부정적으로 생각하고 있었다.

우리나라의 경제를 농사에 비유하자면 강권은 3공을 농약만 치던 농사에 그저 화학비료를 더 뿌렸을 뿐이라고 보고 있었다.

유기농을 하던 곳에서 화학비료와 농약을 사용하면 일정 기간 동안은 놀라울 정도로 증산할 수 있다.

이 놀라운 결과가 눈앞에 나타나면 국민들은 조장된 여론에 의해서 자기들의 눈을 가리고, 입을 막고, 친구들을 떼어 놓아도 그런 줄도 모르고 환호하기 바쁘다.

종내는 이 농약과 화학 비료에 의해서 토양은 자생력을 잃게 될 것이라는 것을 알지 못한 채 토양에 치명적인 독으로 작용하는 농약과 비료를 계속해서, 그리고 더 많은 양을 사용하게 될 것이다.

화학비료가 무서운 점이 바로 이것이다.

그런데 사람들은 토양과 떨어져 살 수 없다.

토양이 자생력을 잃고 죽어가면 그 땅에서 나는 것들을 먹고 살아가는 사람들도 결국에는 자생력을 잃고 병들 수밖에 없는 것이다.

일정한 생산량을 유지하려면 끊임없이 농약과 비료를 사용하지 않으면 안 될 것이고 농약과 비료는 계속해서 토양의 자생력을 잃게 만들 것이다.

이것은 빈곤의 악순환이고 언 발에 오줌 누기다.

우선 먹기 좋은 곶감이 달다고 곶감만 처먹다 똥구멍이 막혀 종내는 똥을 파내지 않으면 뒈지는 사태가 발생할 것이다.

강권은 한숨을 토하면서 서원명 대통령에게 물었다.

"휴우, 자네, 정말 그 우격다짐이 한강의 기적을 이루었다고 생각하나?"

―······.

강권의 심각한 어조에 서원명 대통령은 쉽게 대답을 하지 못했다.

강권이 말하는 우격다짐이 군부독재를 가리키는 것이라는 느낌이 강하게 들었기 때문이다.

강권은 다시 한 번 한숨을 내쉬며 서원명 대통령에게 물었다.

"휴우, 솔직하게 대답해 주게. 자네는 지금 우리나라가 어떤 지경이라고 보는가?"

—자네가 그러지 않았나? 지금 당장은 어렵지만 어려움은 차차 없어지고 좋은 점만 부각이 된다고 말이지. 난 자네를 믿고 있으니까 그렇게 될 것이라고 보네.

"뭐시라?"

강권은 서원명 대통령의 대답에 어이가 없었다.

'이 정신없는 친구를 어떻게 하나?'

내심 이렇게 생각하면서도 한편으로는 자기가 서원명 대통령에게 행한 것들이 마치 3공의 주체가 국민들에게 한 것이랑 별 차이가 없음을 깨닫게 되었다.

어려움이 있으면 즉각 해결해 주고 그 결과가 눈앞에 나타나니까 자신에게 너무 의존하게 되었다는 것이다.

말하자면 서원명 대통령에게 있어서는 자기가 화학비료이고 농약이라는 말이었다.

서원명 대통령이 화학비료와도 같은 자기에게 계속 의지하게 되면 서원명 대통령은 화학비료에 찌든 농토처럼 되어 자생력을 죽여 버리는 독약과도 같은 자기에게 계속 의존하게 될 것이라는 생각이 들었다.

강권은 대원칙만 제시하고 더 이상 개입을 하지 않아야겠다고 결심했다.

"휴우, 자네가 그렇게 말하니 내 할 말이 없구먼."

강권은 이렇게 운을 뗀 다음 자기가 생각하고 있는 대원칙에 대해서 말했다.

"우리나라는 국회의 입법과 여론의 중요성에 대해서는 말들이 많지만 우리 사회를 건강하게 만드는 사법제도에 대해서는 크게 신경을 쓰지 않는 것 같네. 사실 사회가 진화하면 할수록 입법과 여론의 기능은 더욱 정치(精緻)해져서 조작이 쉽지 않다네. 특히 SNS가 확고하게 구축이 된 상태에서는 더욱 힘들게 되지. 그렇지만 사회의 여과 기능을 담당하고 있는 사법제도는 사회의 발전을 따라가지 못하는 것 같네."

─아무래도 사법부를 관장하고 있는 율사 출신들이 워낙 보수적이고 깐깐하다 보니까 그럴 가능성이 클 것이네.

"율사 출신인 자네가 그런다면 그런 것이겠지. 음, 자네가 검사 출신이니까 말이네만 우리나라의 사법제도에서 가장 문제가 되는 것이 무엇이라고 생각하는가?"

—…….

서원명 대통령은 강권의 질문 의도를 알지 못했다. 아니, 문제점이 너무 많아서 어떤 것을 들어야 될지 모른다고 보는 게 맞을 것이다.

"나는 단 하나 전관예우만 없어지게 되면 우리나라 사법제도가 제대로 바꾸어질 것이라고 보네. 물론 시일이야 좀 걸리겠지만 말일세."

—허허허, 자네가 왜 그렇게 생각하는지 모르겠구먼. 물론 전관예우가 문제가 있다는 것을 부정하고 싶지는 않지만 자네가 생각하는 것처럼 그렇게까지 문제가 되는 것은 아니라고 보는데. 그렇지 않나?

"전관예우가 가장 큰 문제점이 뭔지 아는가? 소송구조를 취약하게 만드는 것이라네. 그것은 마치 구한말의 대원군이 쇄국 정책을 택할 수밖에 없도록 만든 세도정치와도 같은 것이라네."

—…….

강권은 서원명 대통령이 입을 다문 것이 전관예우의 문제점을 인정하는 게 아니라 자기 말에 대해서 반박을 하려 하고 있다는 것을 단박에 알 수 있었다.

그것은 숱하게 통화하면서 알게 된 서원명 대통령의 버릇 때문이었다.

서원명 대통령은 상대 얘기에 반박을 하려 하면 자기도 모르는 사이에 콧김이 잦아지기 시작한다. 그런 다음에 마른기침을 하게 되면 비로소 상대방의 얘기에 반박을 하겠다는 신호가 되는 것이다.

강권은 서원명 대통령의 마른기침이 나오기 전에 재빨리 다음 말을 이어 나갔다.

"자네는 인정하지 못하겠지만 전관예우는 우리나라의 소송 시장을 왜곡시키고 그 결과 엄청 작게 만들어 버리는 제도라네. 경제학에서 말하는 이른바 독과점과 크게 다르지 않는 폐해를 갖고 있다네. 예를 들자면 자유로운 소송 구조를 갖고 있는 미국에서는 어지간한 일은 모두 소송으로 해결하네. 그만큼 확대 재생산이 되었다는 얘기네. 그런데 우리나라의 경우는 어떤가? 유전무죄(有錢無罪) 무전유죄(無錢有罪)의 풍토가 만연되어 있네. 아무리 커다란 죄를 지었어도 변호사만 잘 고용하면 아무런 벌을 받지 않고 빠져나가네. 물론 재수가 없어 여론에 노출이 되면 조금 벌을 받는 경우도 있기는 하지만 지은 죄에 비해서 그 벌은 턱없이 작네. 바로 전관예우 때문이네. 전관예우로 판결에서 수작을 부리고 구형에서 혜택을 받으니 돈이 없는 사람들은 변호사 혜택을 받지 못하네. 설혹 변호사를 선임하더라도 전관예우에 해당하는 변호사를 선임하지 못하면 패소할 게 빤하니 굳이 변호사를 선임하려고 들지 않고 알아서 처분 내리기만 바랄 뿐이지. 그것은 소송 시장의 축소를 가져와서 돈 버는 변호사들은 돈을 벌고 그렇지 못하는 변호사들은 사무실 임대료도 내지 못해 망하는 변호사들이 하나둘이 아닐세."

─흠흠, 그걸 방지하기 위해서 2011년부터 전관예우 금지법을 시행하고 있지 않은가?

"전관예우 금지법? 그것은 한마디로 눈 가리고 아웅하는 수작이 아닐 수 없네. 직접 수임을 하지 않는다고 해도 전화로, 문서로 판사와 검사들과 끼리끼리 짜고서 판결을 내리는데 어떻게 올바로 된 판결이 나올 수 있단 말인가? 법의 논리는 따지려 하지 않고 이렇듯 전관예우만 찾다가는 이제 얼마 지나지 않아 우리나라 소송 시장은 소송 선진국들에 의해서 지배당하게 될 것이네. 말하자면 소송 식민통치를 당하게 될 것이란 말이네."

—…….

"사법부의 가장 큰 역할은 사회가 부패하지 않도록 막는 여과 기능을 하는 것이네. 하지만 사법부는 그 여과 기능을 스스로 포기하고 있네. 그런데 어떻게 제대로 된 사회가 이루어질 수 있다고 보는가? 자네에게 바라고 싶은 것은 바로 돈에 의해서가 아니고 자기 행위에 의해서 제대로 평가받을 수 있는 사회를 만들어 달라는 것이네."

자기의 말에 한숨을 짓는 서원명 대통령의 기분을 풀어주기 위해서 강권은 우스갯소리를 했다.

"자네는 우리나라 칼라 TV 방송 개시에도 천도(天道)가 개재되어 있다는 것을 알고 있는가?"

—그게 무슨 말인가?

"우습게 들리겠지만 우리나라 칼라 TV 방송이 80년도에 개시된 것은 하늘이 한류(韓流)를 우리나라에 선물하기 위해서라네."

—에이 설마?

"하하하, 설마가 아닐세. 자네도 칼라 TV 방송이 된 것이 한류의 밑바탕이 되었다는 것은 인정하겠지?"

—그거야 칼라 TV 방송이 됨으로써 연속극 등을

비롯해서 엔터테인먼트 산업이 전반적으로 발전이 된 것은 사실이겠지.

"음, 그건 그렇다고 치고. 자네는 우리나라 한류가 발전되기 전에는 구미에서는 망가와 J팝을 위주로 한 재팬류가 아시아에서는 영화를 위주로 한 홍콩류가 활성화되었다는 것도 인정하겠지?"

—그거야 그렇지.

"그런데 한류의 발생 시기에 있어서 공교로운 것은 재팬류나 홍콩류가 재도약을 위해서 잠시 정체된 시점이라는 거야. 그 정체된 시장에 한류가 신상으로 등장을 했다는 것이지. 즉, 구미에서는 재팬류가 아시아의 상품성을 잔뜩 선전해 놓고 정체되었고, 아시아에서는 홍콩류가 나름 시장을 개척해 놓고 신상을 내지 못하고 있는 시점이었다는 것이 엄청 중요하다네. 그 비어 있는 시장에 한류가 무혈입성을 하게 된 것이지. 만약에 한류의 발생 시기가 조금만 빨랐다고 한다면 한류는 구미에서는 재팬류의, 아시아에서는 홍콩류의 싸구려 아류작으로 취급을 받게 되었을 것이고 오늘날의 한류는 없었을 것이네. 싸구려 아류작이 명품 취급을 받으려면 선결 조건으로 싸구려라는 선입견을 없애야 한다는 핸디캡이 있으니 말일세. 반대로 한류의 발생 시기가 조금만 늦었다면 한류는 재팬류나 홍콩류의 재도약의 역풍을 맞아 그것들의 싸구려 아류작의 딱지를 떼지도 못하고 있을 것이네."

서원명 대통령은 강권의 말이 일리가 있다는 생각이 들었는지 아무런 이의 제기를 하지 않았다.

그런 서원명 대통령에게 강권은 의미심장한 말을 했다.

그 말은 어쩌면 자기 자신에게 하고 싶었던 말이기도 했다.

"우리나라에는 세 명의 군부 독재자가 있었네. 그런데 공교로운 것은 그 세 명의 군부 독재자들이 우리나라의 법질서를 무자비하게 짓밟았지만 자기들도 모르는 사이에 각각 한 방면에서 우리나라의 발전에 지대한 공을 세웠다는 것이네. 한 사람은 경제 개발의 토대를 세웠고, 다른 한 사람은 한류의 밑바탕을 만들었으며, 다른 한 사람은 우리나라 민주 발전에 나름 공헌을 했다네. 내가 그 독재자들을 칭송하려고 해서 한 말은 결코 아닐세. 내가 자네에게 하고픈 말은 그들이 의도하지 못했지만 결과적으로 우리나라의 국운 융성에 일조를 한 결과를 가져온 것처럼 자네가 하는 행동이 앞으로 우리나라의 국운은 융성할 테니까 이를 의심하지 말고 천년 제국, 아니, 영원한 제국의 기틀을 닦으라는 말이네. 자네가 율사인 것은 어쩌면 사법제도의 불합리한 점을 개선하라는 뜻일지도 모르네. 하하하, 이 말은 농담이네. 아무튼 자네는 남은 임기 동안 최선을 다해서 자네의 힘으로 재선이 되고 삼선이 되어서 종국에는 종신 대통령이 되었으면 하는 게 내 바람이네."

─하하, 이 친구 갑자기 왜 이래? 꼭 나와 영영 보지 않을 사람처럼 말을 하는 것이야. 좀 섬뜩하구면.

"섬뜩하게 들렸나? 그럼 미안하이. 자네 말대로 기자 회견이라도 열어서 오해를 풀도록 하겠네. 이만 끊겠네."

말이 씨가 된다고 서원명 대통령은 더 이상 강권과 만나지 못했다. 물론 통화까지 하지 못한다는 말은 아니지만 말이다.

제6장
'하나로 캡슐', 영생(永生)에 도전하다

C, G, D로 대변되는 우익 보수 세력들이 인터넷과 신문지상에서 그룹 '환' 과 온누리배 국제 축구대회에 대하여 맹공을 퍼붓고 있는 가운데서도 온누리배 국제 축구대회의 조별 예선은 착착 진행하고 있었다.

　A조에서는 스페인과 누리축구단이 8강에 올라갈 것이 거의 확실했고, B조는 아르헨티나와 포르투칼, C조는 이탈리아와 네덜란드가 각각 3승씩을 거두어 8강을 확정지었다.

　문제는 D조였다.

독일과 대한민국이 2승 1무로 조 선두를 이루는 가운데 독일은 최약체로 평가를 받는 러시아와 대한민국은 영원한 우승 후보인 브라질과의 경기를 남겨놓고 있다.

그런데 대한민국과 1게임을 남겨 놓은 현재 브라질의 예선 전적은 2승 1패였다.

따라서 독일은 8강을 거의 확정지은 분위기였는데 비해 대한민국과 브라질은 어느 팀이 맞대결에서 이기느냐에 따라서 어느 팀이 올라갈 것인가가 결정될 것이다.

물론 대한민국이 무승부만 거두어도 8강을 확정짓는다는 점에서 보면 다소나마 유리한 상황이기는 하지만 어느 팀이고 브라질을 상대로 반드시 이긴다는 장담을 할 수 없다는 점에서 보면 그날 컨디션에 다라서 결정될 가능성이 컸다.

이렇듯 지금까지 진행된 온누리배 국제 축구대회에서 가장 이슈가 되는 것은 역시 스페인과 누리축구단이 다시 맞붙으면 어느 팀이 이길까 하는 것이었고, 그 다음으로는 대한민국과 브라질 중에서 어느 팀이 8강에 올라갈 것인가 하는 것이었다.

또한 그렇게 올라간 대한민국 또는 브라질이 스페인과 어떻게 싸울 것인가도 주목을 받고 있었다.

전문가들의 예상에 따르면 대한민국과 스페인이 8강전에서 싸울 확률이 크다는 점에서 주목을 받고 있음에 틀림이 없었다.

온누리배 국제 축구대회 예선전 한 게임을 남겨두고 '환' 종합 엔터테인먼트에서는 외국 신문사나 통신사는 오든지 말든지 국내 매스 미디어에만 보도 자료를 돌려서 기자 회견을 자청했다.

300여 명의 내외국인 기자들이 모인 가운데 행해진 기자 회견에서는 인터넷과 유비통신으로 떠도는 소문의 실체들을 밝히고 그에 대해서 질문을 받는 형식을 취하는 것이었다.

—안녕하십니까? 그룹 '환' 의 홍보를 담당하고 있는 총괄이사 변호사 이무영입니다. 우리 그룹 '환' 에서 이처럼 기자 회견을 자청하게 된 것은 정보의 진위(眞僞)도 가늠하지 않고 무작정 보도함으로써 우리 그룹과 정윤술 이사에 막대한 피해를 끼친 매체들에

게 경종을 울리기 위함입니다. 우선 배포된 보도 자료를 참조하시고 제가 말하는 것을 들어주시기 바랍니다. 우선, 우리 그룹의 정윤술 이사를 적시하지는 않았지만 지면을 읽어보면 누구나 알 수 있을 정도로 적시해서 불륜남이라고 명예를 훼손시킨 몇몇 매스컴의 기사에 대해 해명하도록 하겠습니다. 그러니까 몇몇 매스미디어에서 우리 정윤술 이사를 지칭하면서 한낮에 공공연하게 불륜녀와 데이트한다고 비평했던 기사를 말하는 것입니다. 그런데 그 기사는 사실 정윤술 이사께서 어머님을 모시고 누리축구단과 잠비아전을 관람하는 것을 두고 기자가 마음대로 쓴 것이었습니다. 우리 그룹 '환'의 홍보부에서는 수차 왜곡된 기사를 쓴 매스컴과 기자들에게 그 기사가 사실과 다름을 밝히고 정정 보도를 요청하였습니다. 그런데 그 기자들과 매스컴에서는 우리 그룹에나 정윤술 이사에게 단 한 번도 사실 관계를 묻지도 따지지도 않고 정정 보도를 하지 않았다는 점에서 법에 어긋났음을 밝힙니다. 둘째, 우리 그룹 '환'과 우리 회장님께서 우리나라에서 돈을 벌어 외국에 퍼준다고 우리 그룹 '환'에는 반민족 기업이고, 우리 회장님께는 매국노라는 표현을 썼던 기사들에 대한 해명입니다. 그 매스컴들이 증거로 우리 그룹 '환'에서 만든 재단법인 '홍익인간'의 자금 집행 내역을 첨부했는데 문제는 재단법인 '홍익인간'이 어떤 돈으로 만들어졌다는 것은 전혀 적시하지 않았다는 점입니다. 우리 그룹 '환'의 작년 매출은 1,358억 4천만 달러였고, 그중 이익은 407억 5천 2백만 달러였습니다. 재단법인 '홍익인간'을 만든 자금은 분명 그 이익금의 일부를 출자하여 형성된 것입니다. 또 하나 적시할 대목은 우리 그룹 '환'의 매출 중 70%는 외국으로의 수출이 차지하고 있다는 점입니다. 또한 국내에서 벌어들이는 매출 30%의 태반도 '회춘일기' 프로젝트와 '얼짱일기' 프로젝트 등에 의해서 우리나라에 들어온 외국인들에 의해서 발생된 것입니다. 따라서 순수하게 국내에서 내국인들을 상대로 벌어들이는 부분은 총 매출의 10%에도 미치지 못합니다. 이것은 이미 그들 매스컴들에게도 보도 자료를 배포했던 사항입니다. 따라서 우리나라에서 돈을 벌어 외국에 퍼준다고 우리 그룹 '환'에는 반민족 기업이고, 우리 회장님께서는 매국노라는 표현을 썼던 기사들은 전부 악의에 의해서 우리 회장님과 우리 그룹 '환'의 명예를 훼손하려는 의도로 쓴 것이 확실합니다. 왜냐하면 그들이 내세우고 있는 주장과는 달리 우리 그룹 '환'의 매출 대부분은 외국이나 외국인을 상대로 벌어들이고 있기 때문입니다. 셋째, 첫 번째 사안과 두 번째 사안에 대해서 우리 그룹 '환'에서는 이를 결코 묵과하지 않고 기사를 썼던 기자와 매스컴들에게 연대하여 손해배상 책임을 묻도록 하겠습니다. 이상입니다. 질문하실 분들은 질문을 하도록 하십시오.

―신아일보 이임생 기자입니다. 이런 말씀 드리기가 죄송한데 귀사의 정윤술 이사는 올해 42세이고 동석한 여인은 누가 보더라도 20대 후반에서 30대 초반으로 보입니다. 이 점을 명백하게 설명해 주시기 바랍니다.
―신아일보 이임생 기자님의 질문을 답하기 전에 한 편의 동영상을 보여드리겠습니다. 우선 동영상을 보시고 난 다음에 다음 질문을 받도록 하겠습니다. 그럼 우선 동영상부터 상영하도록 하겠습니다.

그룹 '환'에서 준비한 동영상은 물론 금옥자 여사가 '하나로 캡슐'에 들어가기 전부터 '하나로 캡슐'에서 나오는 장면을 찍은 것이었다.

동영상이 모두 상영되자 장내는 순식간에 흥분의 도가니로 바뀌었다.

왜냐하면 누가 보더라도 파파 할머니가 캡슐에서 불과 4주간을 머물고 나온 다음에 팽팽한 젊은 미시가 되었기 때문이다. 이게 사실이라면 인류의 역사는 새로운 국면을 맞게 될지도 모를 일이었다.

"와! 어떻게 저럴 수가?"

"저, 저게 정말인 거야?"

"와! 대박이다."

"……."

'하나로 캡슐'이 너무 사기적인 것이어서 그런지 이후의 질문은 그룹 '환'의 올해 매출이라든지, 재단법인 '홍익인간'에 대한 질문은 하나도 없었고, 전적으로 금옥자 여사와 '하나로 캡슐'에 관계된 것이었다.

―대한신문의 조세기 기자입니다.

실례된 질문입니다만 저 동영상이 조작된 것이 아닙

니까? 너무 믿기지 않아서 드리는 말씀입니다. 그리고 만약 동영상이 조작되지 않는 것이라면 동영상에 나오는 캡슐은 무엇이고, 그 캡슐의 효능이 젊음을 되찾는 것인지 묻고 싶습니다.

─하하하, 조세기 기자님, 기자님이라면 조작된 동영상으로 기자 회견을 할 수 있겠습니까?

……

─사실 저도 믿기지 않는 것이라서 기자님의 무례함에 대해서 더 이상 따지지 않겠습니다. 동영상에 나오는 캡슐은 우리 회장님께서 인간의 세포는 계속 만들어진다는 가정을 바탕으로 실제 고안을 해서 만든 '하나로 캡슐'로 인간의 신체를 최적의 상태로 만들어 주는 캡슐이라고 할 수 있습니다. 물론 지금 최종적으로 완성된 것은 아닙니다. 그렇지만 실험 대상이 되어 주신 금옥자 여사님의 신체 추정 나이가 31세임을 감안한다면 완성형이라고 보아도 무방할 것입니다. 이 '하나로 캡슐'의 또 하나의 놀라운 점은 신체를 최적의 상태로 만들어준다는 것입니다. 다시 말해서 '하나로 캡슐'에 들어갔다 일정한 기간 동안 있다 나오면 어지간한 성인병은 모두 치료가 된다는 것입니

다. 실제로 '하나로 캡슐'에 들어가기 전의 금옥자 여사의 상태는 만성 신부전증과 그로 인한 합병증으로 6개월~1년이란 시한부의 삶을 살고 계셨습니다. 지금부터 여러분에게 나누어 드리는 진단서들은 우리나라에서 가장 유명한 의료기관에 해당하는 서울대병원, 오산병원, 삼송의료원에서 발급한 진단서들입니다. 각각 '하나로 캡슐'에 들어가기 전과 후의 것이 함께 있으니 참고하시기 바랍니다. 마지막으로 첨부한 사진은 금옥자 여사가 29살 때 금옥자 여사의 부친 환갑잔치 때 찍은 가족사진을 확대한 것입니다. 잠시 후에 모시게 될 금옥자 여사의 실물과 비교해 보시기 바랍니다.

잠시 후에 금옥자 여사가 나와서 기자들의 질문에 답을 했는데 기자들 대부분은 금옥자 여사의 답을 들으면서도 믿지 못하겠다는 표정이었다.

자료들에 따르면 캡슐에 들어가기 전과 후의 신체 나이가 무려 40여 살이 차이가 나는데 어떻게 믿을 수 있겠는가?

40살 이상 젊어지고 모든 병이 없어진다면 젊음을

되찾은 것에 그치지 않고 새로운 삶을 한 번 더 사는 것이나 다름이 없었고, 인간의 삶은 거의 무한하게 된다는 것이니 진시황이 그토록 찾았다는 불로초를 먹는 것과 같지 않겠는가?

그런데 그것을 느꼈는지 이무영 이사는 다음과 같이 발표를 했다.

—여러분께서는 도저히 믿지 못하시겠지요? 사실 저도 믿어지지 않습니다. 그래서 우리 회장님께서는 다섯 명은 유료로 다섯 명은 무료로 캡슐을 이용할 수 있도록 하시겠다고 말씀하셨습니다. 유료 다섯 명은 최저금액 1억 달러의 경매를 통해 대상자를 결정하시겠답니다. 그리고 무료 다섯 명은 우리 그룹 '환' 자체적으로 결정을 하도록 하겠습니다. 유료가 되었든 무료가 되었든 '하나로 캡슐'에 들어갈 사람은 반드시 병원 등 신뢰 있는 기관에서 불치나 이에 준하는 진단을 받은 사람이어야 한다는 것입니다. 예를 들어 암, 심장병, 간장병, 신장병 등으로 완치가 사실상 불가능하다는 판정을 받은 경우여야 합니다. 경매일은 온누리배 국제 축구대회의 결승전이 열리는 날이고 경

매 개시 시간은 결승전이 시작하는 시간입니다. 경매 결정 역시 우승팀이 가려지는 시점으로 하겠습니다. 참고로 불법 행위를 해서 경매를 방해하는 사람과 그 직계 가족에게는 '하나로 캡슐'에 들어갈 수 있는 기회를 영원히 박탈하도록 하겠다는 것이 본사의 확고한 방침임을 밝혀둡니다.

들고 있는 기자들은 이무영의 말이 무엇을 의미하는지 단박에 알 수 있었다.

한마디로 말해서 돈을 왕창 내고 '하나로 캡슐'에 들어가든지 아니면 그룹 '환'에 아부하고 들어가든지 결정을 하라는 말이 분명했다.

또한 말을 안 들으면 그자와 그자의 가족들은 '하나로 캡슐'에 들어갈 생각을 아예 하지 말라는 엄포였다.

만약에 '하나로 캡슐'에 들어가서 젊어지고 병도 고치게 된다면 세상에서 그룹 '환'의 비위를 거스르려고 하는 골빈 사람들은 없을 것이다.

물론 그냥 대충 살다가 죽겠다고 작정한 사람이라면 몰라도 말이다.

이무영 이사의 엄포가 효과를 발휘했는지 그 다음부터는 비꼬거나 방해를 하려는 기자들은 한 사람도 없었다.

질문을 하더라도 엄청 죄송스러운 표정으로 조심스럽게 하고 있었다.

젊고, 건강하게, 거기에 오래 사는 것은 인류의 공통적인 로망임이 분명한 것 같았다.

—IT신문의 기자 조진아입니다. 이무영 이사님, '하나로 캡슐'에 관하여 한 가지 여쭙고 싶은 것이 있습니다. 금옥자 여사님은 '하나로 캡슐'에 얼마 동안 계셨으며, 통상 어느 정도 있어야 합니까?

—조진아 기자님, 참 좋은 질문을 하셨습니다. '하나로 캡슐'에 있게 되는 기간은 보통 4주에서 7주 사이에서 결정됩니다. 일반적으로 신체의 상태가 좋을수록 캡슐에 있게 되는 시간은 짧아지고, 반대로 신체의 상태가 나쁠수록 캡슐에 있어야 하는 시간은 길어지게 됩니다. 그 기간이 4주~7주입니다. 됐습니까?

—예. 잘 알았습니다.

─통일신문의 주재진 기자입니다. 금옥자 여사님의 선례로 보아 '하나로 캡슐'은 질병 치료 기능과 회춘 기능이 모두 있는 것으로 보여집니다. 여기에서 한 가지 의문이 있는데요. 만약에 금옥자 여사처럼 한 번 '하나로 캡슐'의 혜택을 받은 사람이 다시 '하나로 캡슐'의 혜택을 받을 수 있는지요? 또 그렇다고 한다면 몇 번이고 그게 가능한지 궁금합니다.

질문을 받은 이무영 이사의 얼굴이 찌푸려진다.

간단한 질문 같지만 본질을 파고들어 가면 간단한 질문이 아니라 놀라운 내용을 담고 있는 질문이었기 때문이다.

이무영 이사의 얼굴이 찌푸려진 것은 예상치 못했던 질문이어서가 아니라 계산된 행동이었고 일종의 쇼였다.

선불리 대답을 한다면 자칫 잘못하다 엄청난 반격을 받을 우려가 있기 때문이었다.

사실 인간의 욕구 중에서 가장 강한 욕구를 본능이라고 하는데 그 본능 중에서도 가장 강한 본능은 바로 삶의 유지, 즉, 생존 본능이다.

그 생존 본능이 완전하게 충족이 되지 못하기에 자기의 닮은꼴인 후손을 퍼트리기 위한 생식 욕구가 생기는 것이다.

그런데 '하나로 캡슐'을 몇 번이고 이용할 수 있다면 인간의 본능 체계가 완전 무너질 수 있다.

인간의 두뇌가 어느 정도 개발되면서부터 가장 원하면서도 이룰 수 없는 희망이 있다면 그것은 영원히 산다는 것이다.

'하나로 캡슐'을 몇 번이고 이용할 수 있다면 영원히 살 수 있을 뿐만 아니라 영원히 젊음을 유지할 수가 있게 된다.

또 영원히 젊음을 유지하면서 사는데 굳이 후손을 만들려고 애쓸 필요가 있을까? 그 해답은 '그렇지 않을 것이다.' 일 것임에 틀림없다.

그런데 영생을 살지 못하는 생물체들이 그 대안으로 후손을 생산해 내려는 필요에 의해서 만들어진 것이 바로 DNA다.

인간의 DNA 역시 그렇게 만들어졌고, 최적화된 후손 생산을 위해 DNA는 바뀌게 된다.

DNA가 바뀌는 과정이나 경로는 알 수 없지만 필요에 의해서 바뀌는 것은 확실하다.

그 증거로 들 수 있는 것 중 하나가 바로 맹장이다.

맹장은 먹이가 부족한 야생 상태에서 먹이로부터 최대한 영양분을 흡수하기 위하여 존재하는 장의 일부인데 목축과 농경을 통해서 먹을 것이 풍부해짐에 따라서 없어지게 된다.

옷을 통해서 털이 없어지는 쪽으로 진화(DNA의 변화)하고, 직립을 하게 되면서 불필요한 꼬리가 없어지게 되는 쪽으로 바뀌게 된다.

이렇듯 본능이 바뀌게 된다면 인간의 DNA 역시 바뀌게 될 것은 확실하다.

어떤 방향으로 바뀌게 될지는 모르지만 기존에 없었던 신인류가 탄생하게 될 것은 확실하다.

이 놀라운 내용보다 더욱 현실적인 위협은 질문에 긍정적인 대답을 하게 된다면 거의 모든 세력들로부터 '하나로 캡슐'과 그 제조 기술을 이전하도록 위협받게 된다.

이런 잠재적인 위험들로부터 자유로운 방법은 아직

은 불완전하다고 믿게 만들어야 한다는 것이다.

　이무영 이사는 강권으로부터 교육받은 이런 내용을 상기하면서 차분한 표정으로 대답을 했다.

　—주재진 기자님, 애석하게도 긍정적인 답변을 드리지 못하겠습니다. 그룹 '환'에서는 동물 실험을 통해서 여러 차례 실험을 했지만 두 차례까지 가능했지만 결국 밝혀지지 않은 원인에 의해서 죽음을 맞게 되었습니다. 다음 질문을 받겠습니다.

　—네이처지의 편집위원으로 있는 리처드 박사입니다. 이무영 이사님의 답변을 토대로 추정하건데 '하나로 캡슐'은 세포분열의 횟수를 결정하는 *텔로미어(Telomere)와 그 텔로미어를 재생산해 내는 효소 물질인 **텔로머레이즈(Telomerase) 효소와 관계가 있는 것처럼 여겨집니다. 동물 실험에 의해서 두 번째까지 성공을 거두고 돌연사한 동물은 혹시 암으로 죽은 것입니까?

　—리처드 박사님, 확실하게 말씀드릴 수는 없지만 '하나로 캡슐'이 텔로미어와 텔로머레이즈 효소와 전혀 무관한 것은 아닙니다. 그렇다고 전적으로 그

것들에 의존하는 것도 아닙니다. 확실한 것은 그것들은 '하나로 캡슐'의 효능을 구현해 낼 수 있게 하는 일부분일 뿐이라는 것입니다. 텔로미어와 텔로머레이즈 효소가 '하나로 캡슐'에 미치는 영향이나 관계는 '하나로 캡슐'이 보다 완벽해질 때 발표한다는 게 그룹 '환'의 확립된 결정입니다. 한 가지 희망적인 것은 '하나로 캡슐'의 효능 가운데 하나는 '하나로 캡슐'이 DNA에 포함된 인간의 능력을 극대화시킬 가능성이 크다는 것입니다. 다음 질문을 받겠습니다.

—문화신문의 주영광 기자입니다.

이무영 이사님께서 말씀하신 '하나로 캡슐'의 효능 가운데 하나는 '하나로 캡슐'이 DNA에 포함된 인간의 능력을 극대화시킬 가능성이 크다는 것의 의미가 무엇입니까? 알아듣기 쉽게 말씀해 주십시오.

—주영광 기자님, 자연적으로 살아갈 때 인간의 수명은 200살이라는 얘기를 들어본 적이 있습니까? Bible이나 여러 나라의 신화에 따르면 인간의 수명은 최소 200살 이상으로 나옵니다. 우리 고대사에

나오는 환인시대(桓因時代)는 3,300년 동안 이어 지지만 단 7명의 수장이 통치한 것으로 보여집니다. 즉, 수장 한 분당 평균 430년 이상 통치했다는 의 미입니다. '하나로 캡슐'로 신체가 최적화되면 인간 의 수명은 아마 200살에 근접할 수 있을 것이라는 의미입니다. 물론 특별하게 오염 물질에 노출이 되 지 않는다면 건강을 유지하면서 그렇게 살아갈 수 있을 것입니다. 이상입니다. 다음 질문을 받겠습니 다.

─포춘지의 편집위원인 리헤이든입니다.
언젠가 텔로머레이즈 효소에 관한 글을 읽은 적이 있는데 텔로머레이즈 효소를 잘 이용할 수 있다면 판 타지에 등장하는 트롤처럼 잘라진 팔이나 다리도 재생 이 가능하다고 한 것을 보았습니다. 혹시 '하나로 캡 슐'의 효능 가운데 그런 효능이 있습니까?
─리헤이든 위원님, 솔직하게 말씀드리자면 우리 그룹 '환'의 실험 가운데는 그런 것이 없었습니다. 그 렇지만 소아마비에 걸린 쥐의 다리가 완전하게 고쳐진 적은 있습니다. 그것을 미루어 본다면 충분한 가능성

이 있다고 할 수 있을 것입니다.

　물론 이것은 '하나로 캡슐'에 대한 것을 숨기려는
의도적인 거짓말이었다.

　'하나로 캡슐'로 쥐를 이용한 실험 따위를 한 적은
단 한 번도 없었다.

　중요한 것은 '하나로 캡슐'에 대한 것은 최대한 숨
겨야 한다는 것이다.

　물론 '하나로 캡슐'이 과학 기술과 마법을 모두 활
용하여 만든 것으로 마법을 모르는 과학으로는 '하나
로 캡슐'에 대해 밝히는 것은 무리겠지만 바이오캡슐
을 본다면 전혀 불가능한 것도 아니었다.

　결론적으로 '하나로 캡슐'을 최대한 포장하여 경외
심을 갖도록 하는 것이 이 기자 회견을 하는 목적인
것이다.

　만만하게 보면 덤벼들지만 신성시하게 되면 미리 포
기하는 것이 인간의 본성이기 때문이다.

　—마지막으로 '하나로 캡슐'을 노리는 불순한 세력
에 경고를 하려 합니다. '하나로 캡슐'만으로는 아무

런 효능을 발현시킬 수 없기 때문입니다. 또 하나 덧붙이고 싶은 것은 '하나로 캡슐'에는 첨단 GPS 장치가 내장되어 있어서 지하 수백m 아래에 있다고 하여도 그 위치를 정확하게 알 수 있다는 것입니다. '하나로 캡슐'은 궁극적으로 인간과 인류의 행복을 위하여 고안된 것이지만 '하나로 캡슐'은 우리 그룹 '환'의 지적 재산권에 해당한다는 것을 잊지 말아주십시오. 여러분들께 약속을 드릴 수 있는 것은 '하나로 캡슐'이 어느 정도 완성이 되면 캡슐 이용료가 누구나 납득할 수 있는 상식선에서 결정이 될 것이라는 것입니다. 장시간의 기자 회견에도 불구하고 여러분들의 자발적인 협조로 인하여 기자 회견을 무사히 마칠 수 있다는 점에 대하여 심심한 감사의 말씀을 드리겠습니다. 이상입니다.

　기자 회견을 의도적으로 방해하려는 기자들이 없다 보니 기자 회견은 예상외로 빨리 끝나게 되었다.
　기자 회견의 결과는 즉시 뉴스 특보 형식으로 국내외로 송고되었다.

기적의 시술, '하나로 캡슐'

그룹 '환'에서 획기적인 회춘 비법을 만들었다.

이 회춘 비법은 시술 대상자가 수면을 취하면서 4~7주 동안 캡슐 안에서 지내면 되는 아주 간단한 방법이다.

이 시술의 고무적인 점은 시술 대상자가 6개월에서 1년이란 시한부 삶을 선고받은 불치의 환자라고 할지라도 인체의 최절정인 시점으로 육체를 돌려놓는다는 점이라고 한다.

······중략······.

물론 아직 확정적인 것은 아니지만 만성 신부전증과 합병증으로 인하여 세 군데의 저명한 의료기관에서 6개월의 시한부 삶을 확진받은 금옥자 여사가 육체 나이 31살의 건강한 신체가 됨으로 어느 정도 확신을 갖게 되었다.

그룹 '환'은 온누리 국제 축구대회의 결승전이 벌어지는 날에 1억 달러 최저 경매를 통하여 다섯 명을 선정해서 시술을 할 것이라고 한다.

경매에 응할 자격이 있는 사람은 병원 등의 의료기

관에서 6개월~1년의 시한부 판정을 받은 불치환자라
고 한다.

그룹 '환'은 시술이 성공하지 못할 경우에 낙찰
된 경매가의 배액을 배상하겠으며 이 증거금은 세
계 최고의 은행인 HABC에 공탁을 해두겠다고 밝
혔다.

뉴욕 타임즈 미셸러니 기자.

다른 신문들도 제목만이 다를 뿐 내용은 이 뉴욕 타
임즈 기사와 대동소이했다.

'하나로 캡슐'은 과연 만병통치인가?

워싱턴 포스트, 데런 드라이포트 기자.

그룹 '환'의 또 하나의 거보.

르몽드, 쟝꼭뜨 기자.

'하나로 캡슐', 영생(永生)에 도전하다.

르 피가로, 에스탄시아 기자.

특이한 것은 일본의 우익 신문이랄 수 있는 마이니 찌 신문의 기사였다.

'하나로 캡슐'은 기적의 캡슐인가? 아니면 절묘한 사기술인가?

마이니찌 와타나베 주니찌 기자.

제목만 본다면 과거의 대한민국을 헐뜯고, 대한민국 에 대해서 조롱을 하던 그런 쓰레기 기사들과 다를 바 가 없어 보였다.

그렇지만 정작 내용은 그것이 아니었다.

기적의 캡슐 쪽에 99% 정도의 비중을 두고 나머지 1%는 절묘한 사기술 쪽에 할애했다는데 있었다.

영원한 삶, 그것도 젊음을 유지하면서 영원히 살아 갈 수 있다는 가능성에는 민족이나 자존심 따위가 개

재될 여지가 없었던 것이다.

아마도 젊음을 유지하면서 영원히 살 수 있다는 것은 철저하게 개인주의 요소여서 단체주의의 표상인 민족주의 따위는 무시될 수 있었을 것이다.

신문이 떠드는 것만큼이나 방송매체 역시 '하나로 캡슐'을 취재하려고 난리도 아니었다.

거액을 제시하며 연구진들의 출연을 요청하였지만 그룹 '환'에서는 기자 회견장에서 배포하였던 보도자료 이상은 배포하지 않았다.

방송과 신문만으로는 호기심을 충족시키지 못하자 방송과 신문에서는 세계 석학들을 패널로 출연시켜 '하나로 캡슐'에 대해서 열띤 토론을 했지만 결과적으로는 그룹 '환'에서 배포한 이상의 것은 밝히지 못했다.

그룹 '환'의 허허실실 전략이 그대로 먹혀든 것이다.

요새 가장 핫한 용어는 바로 '하나로 캡슐'이었다.

신문과 방송에서 하도 떠들어대니까 덩달아서 인터

넷에도 난리가 아니었다.

　gkskfh4466…… ; '하나로 캡슐' 정말 대박이다.
인간이 영원히 젊음을 유지하며 살 수 있다니 정말이
지 그렇게만 된다면 세상은 유토피아일 것이다. ㅎㅎ
ㅎㅎ

　wpswkd7755…… ; '하나로 캡슐'이 과연 꿈의
완성체일까? 인간이 살아가는 세상은 어차피 희소성
의 원칙이 지배받는 곳인데 모든 사람들에게 희망이
될 수 있을까? 아마도 아닐 듯싶다. 그것 역시 가진
자에게만 혜택이 돌아갈 것임에 틀림없다.
　왜냐하면 '하나로 캡슐'의 혜택이 모든 사람에게
돌아가기에는 절대적으로 '하나로 캡슐'의 숫자가 부
족할 것이기 때문이다.
　따라서 빈부의 차이, 가진 자와 못가진 자의 괴리는
더 심화된다고 보면 될 것이고 그만큼 가난하고, 가지
지 못한 자는 한이 될 듯싶다. ㄲㄲㄲㄲ

　rmfjgwl3378…… ;gkskfh4466…… 님의 말씀

도 옳고, wpswkd7755…… 님의 말씀도 틀린 것은 아니라고 본다. 중요한 것은 전에는 없던 기회가 하나 생겼다는 것일 것이다.

열심히 돈을 벌어서 기회가 올 때 확실히 잡을 수 있다면 더 이상 루저는 아닐 수도 있을 것이라는 데서 희망을 찾고 싶다. '하나로 캡슐' 만세.

wjdakf7890…… ; '하나로 캡슐'에 한 번 들어 갔다 나오면 건강을 유지하면서 200살을 살 수 있다는 데 정말 그럴까? 그렇다면 꼭 한 번 들어가 보고 싶다.

그러려면 열심히 돈을 벌어야겠지? 연애도 미루고, 무조건 돈을 벌자. 연애야 '하나로 캡슐'에 들어갔다 나와서 해도 되겠지 뭐. ㅋㅋㅋㅋ.

tkfkddl2339…… ; '하나로 캡슐'에 들어갔다 나오면 인체가 최적화된다는 것은 아마도 소드마스터나 7서클에 올라 인체가 재구성이 된 것이나 마찬가지 아닐까?

그렇다면 대박이겠는걸? 인체가 재구성이 된다면

유전자도 우성만 남을까? 그렇다면 최고 신랑감이나 최고의 신부감의 기본 조건은 '하나로 캡슐'에 들어갔느냐? 그렇지 않느냐? 가 되겠지? 헐헐헐헐. 나는 오늘도 신체의 재구성을 꿈꾸겠다. 흐미.

rndrma0404······ ; 나는 신체의 재구성이나 영생 따위는 크게 바라지 않아. 더구나 영원한 삶 따위는 나에게는 사치에 불과해. 그런데 한 가지 궁금한 게 있어? 동영상으로 본 '하나로 캡슐'이 유리처럼 보이던데 금속성이 나는 것 같더란 말이지. 과연 그게 유리일까? 아니면 투명한 금속일까????

whRkrhl818······ ; 신체의 재구성 따위는 바라지 않는다고? 조까. 영원한 삶 따위는 바라지도 않는다고? 입에 침이나 바르셔. 투명한 금속? 조까. 금속이란 게 구조적으로 투명할 수 없다구. 젠장, 뭘 알고나 헛소리하는 겨? ㅆㅂㅆㅂ.

sjskwhlll11······ ; 나는 그룹 '환'의 미래기술연구소에서 근무하는 연구원입니다.

rndrma0404……님께서 궁금해 하신 '하나로 캡슐'의 외장은 유리 재질이 아니라 특수 금속입니다. 금속도 분자 구조를 적절하게 재배열시킨다면 유리나 크리스털처럼 투명해질 수 있습니다.

조만간 이 투명 금속을 이용해서 만든 잠수함이나 배가 상용화될 것입니다.

이 투명 금속의 강도는 텅스텐강보다 훨씬 단단하고, 두랄루민강보다도 훨씬 가볍습니다. 따라서 기존에는 갈 수 없었던 깊은 바다 속을 여행할 수도 있을 것이고 하늘을 나는 것도 더 생동감이 있게 될 것입니다. 아마 기대하셔도 좋을 것 같습니다.

그룹 '환'은 그렇게 불가능한 것을 가능하도록 만드는 데 특화되었기 때문입니다. ㅎㅎㅎㅎ.

sjskwh1111……의 댓글은 또 한 번 인터넷을 뜨겁게 달구었다.

물론 강화 유리를 사용해서 만든 잠수정으로 해저를 관광하는 관광 상품이 없는 것은 아니었지만 유리라는 특성 때문에 일정한 한계를 갖고 있었던 것은 사실이었다.

그런데 투명 금속의 강도가 텅스텐강보다 훨씬 단단하고 두랄루민강보다도 훨씬 가볍다면 이 투명 금속을 사용한 잠수정은 심해 잠수도 가능할 것이다.

또한 이 투명 금속은 잠수함이나 비행기 외장재는 물론이고 자동차 외장재로도 쓰일 수 있을 것이다.

그룹 '환'은 또 한 번 돈을 긁어모을 패를 쥐고 있는 것이다.

이래저래 그룹 '환'은 되는 집안의 전형으로 굳어지고 있었다.

*텔로미어(Telomere), **텔로머레이즈(Telomerase)

텔로미어(Telomere)는 그리스어로 끝을 의미하는 '텔로스'와 부분을 의미하는 '메로스' 의 합성어로, 세포 속의 염색체 양끝에 존재하는 부분을 가리키는 합성어이다.

이 텔로미어는 세포분열의 횟수를 결정한다고 알려졌는데 세포가 새롭게 분열을 할 때마다 조금씩 잘려 나가 이 부분이 완전 없어지면 더 이상 세포분열을 하지 않는다고 한다.

즉, 세포가 노화를 일으키거나 스스로 죽는다는 것이다.

그렇지만 생식세포와 암세포는 이 텔로미어가 계속 재생산되는 것을 발견하게 되었는데 그 원인은 바로 텔로머레이즈라는 효소 때문이라는 것이다.

그런데 이 생식세포와 줄기세포 및 암세포의 텔로머레이즈의 작용에는 약간의 차이가 있다고 한다.

생식세포와 줄기세포에서의 텔로머레이즈 효소의 작용은 짧아진 텔로미어를 수리하는데 그치지만 암세포에서의 텔로머레이즈 효소의 작용은 끝없이 분열하여 세포의 노화가 아예 일어나지 않게 된다는 것이다.

결국 텔로미어와 텔로머레이즈 효소가 세포의 죽음, 노화의 핵심 요인일 것이며, 또한 세포의 영원한 생명에도 관계있을 것이라는 게 유력한 설명이다.

사람의 정상 세포는 시험관 내에서 일정한 횟수 이상 분열할 수 없지만 텔로머레이즈 효소를 세포에 넣어주면 무한히 분열할 수 있게 된다.

이것은 염색체의 텔로미어가 유지되는 것을 의미하며 그 결과 우리 '세포'는 영원히 살 수 있는 전기를 갖게 된다는 걸 의미하는 것이다.

물론 그렇다고 해서 모든 세포에서 동일한 결과를 얻은 것은 아니다.

중요한 것은 우리 몸을 이루는 세포가 영원히 살 수 있는 단서를 이미 갖고 있었다는 것일 것이다.

제7장

산유국(産油國) 까짓것 그게 뭐 별거야?

필라델피아는 미국 북동부의 *메갈로폴리스를 구성하고 있는 도시들 가운데 하나로 미국의 최대 도시인 뉴욕과 미국의 수도인 워싱턴 D. C.의 거의 중간에 위치하며 델라웨어강과 애팔래치아산맥에 접해 있다.

필라델피아의 인디펜던스 홀에서 1776년에 독립선언이 발표되었고, 1790~1800년 미국의 수도가 되기도 하였으며, 19세기 초만 해도 미국에서 가장 큰 도시이기도 하였다.

이렇게 유서 깊은 필라델피아에서 세계기업연합

(WUC) 임시 총회가 열리고 있었다.

이번 세계기업연합(WUC)의 임시 총회는 원래 그룹 '환'에서 만든 발전 설비인 '무한력'에 대한 대책을 논의하고자 세계 최대 석유 메이저 회사인 EX모빌의 주도로 석유 메이저들과 OPEC의 관계 장관들의 회의로 시작되었다.

그러던 것이 BHP 필라톤, 레오티드 등의 철강 메이저가 참석을 했고, GAM, EHE, 포커스바겐 등의 거대 자동차 회사의 대표들과 카킬, 펑기 등의 곡물 메이저가 가세함으로써 세계기업연합의 임시 총회가 되어 버렸다.

그러나 WUC 임시 총회가 성립하게 된 가장 큰 영향력을 미친 기업들은 로키드 마튼, 버잉, U. S. 테크롤러지로 대변되는 세계 메이저 군수산업체의 대표들이었다.

그 이유는 물론 군수산업체들이야말로 세계 100대 기업들 가운데 가장 매파에 속하기 때문일 것이다.

─안녕하십니까? EX모빌을 맡고 있는 레이놀드입니다. 이번 WUC 임시 총회는 전혀 예정에 없이 우

연찮게 개최되었습니다. 그렇지만 세계 100대 기업 가운데 87개 기업이 참석하게 되었고, OPEC의 관계 장관과 기타 석유 생산국 10여국의 에너지 장관들이 모두 참석함으로써 예년의 WUC 총회와 비교를 하더라도 질적, 양적으로 전혀 뒤지지 않는 총회가 되었습니다. 이번 임시 총회에서 다룰 의제는 첫 번째로 그룹 '환'에서 만든 '무한력'이라는 발전 설비로 인하여 타격을 입게 될 기존 에너지사의 대책을 강구하는 것이며, 두 번째로는 그룹 '환'의 독주를 어떻게 견제하느냐에 대한 논의입니다.

　……중략…….

　WUC 임시 의장인 EX모빌의 CEO 레이놀드의 개회사로 시작된 WUC 임시 총회는 시간이 흐를수록 점차 그룹 '환'의 성토장으로 변해가기 시작했다.

　그룹 '환'이 세계기업연합의 눈밖에 나게 된 직접적인 계기는 물론 '보라매'를 만드는 데서 비롯되었다.

그룹 '환'에서 전천후 승용 수단인 '보라매'를 양산하지 않겠다고 약속은 하였지만 에너지, 철강, 자동차, 비행기 등의 세계기업연합에 속한 대부분의 기업들이 '보라매'에 사용되는 기술들의 잠정적인 피해 대상자가 되기 때문이었다.

아나나 다를까 그런 우려들은 '근두운'이라는 비행선으로 가시화되기 시작하였고 급기야 '무한력'에 의해서 발등의 불로 바뀌어져 버렸다.

이 '무한력'은 모든 자원을 획기적으로 절약할 수 있는 엄청 효율적인 발전 설비여서 국가를 다스리는 지도자들에게는 환영을 받을 수도 있겠지만 세계 자원을 사실상 지배하고 있는 세계기업연합에게는 재앙에 가까운 발명품이 아닐 수 없었다.

우선, '무한력'의 상용화는 전기를 생산하는 원자재에 해당하는 원유와 가스 수요의 급락(急落)을 의미했다.

세계 발전의 60% 이상을 차지하는 화력 발전 가운데 상당 부분의 연료를 원유와 가스 등이 차지했는데 이것의 수요가 급감한다면 원유를 무기화하는데 막대한 차질을 가져올 수 있다는 게 전문가들의 지적이었다.

둘째, '무한력'이 상용화된다면 발전소의 건설이 엄청 줄어들 것이다.

일반적으로 건설이 줄어든다면 철강의 수요 또한 줄어든다는 것을 의미한다.

거기에 '무한력'이란 발전 설비의 설치 장소가 소비자들과 가까운 곳이어서 송전탑 또한 불필요한 것이 된다.

이것 또한 철과 구리 등의 자원 수요의 감소 요인이 된다.

셋째, '무한력'은 전력을 수요에 따라 맞춤 생산을 하는 형식이 되기 때문에 자원의 공급 주체인 세계기업연합에는 양립할 수 없는 적대 세력이 된다.

마지막으로, '무한력'은 작은 크기로 큰 에너지를 만들어내기 때문에 자동차, 선박, 항공기 등의 동력원이 될 수 있다.

실제로 그룹 '환'에서는 '보라매'라는 자동차 대체재와 '근두운'이라는 비행기 대체재를 만들어내었다.

또한 이것들은 자동차와 비행기의 우등재에 해당

하는 것이기 때문에 자동차 회사와 비행기 제조 회사에 있어서는 재앙에 가까운 심복대환이 아닐 수 없었다.

이처럼 '무한력'을 생산하는 그룹 '환'은 세계기업연합에 속하는 태반의 기업체에 막대한 악영향을 미치고 있는 것이다.

거기에 공기 중의 질소를 이용해서 대규모로 만들어내는 단백질 생산은 카킬, 평기 등의 곡물 메이저의 수입에도 심대한 차질을 가져올 수 있다.

이상과 같은 이유 때문에 세계기업연합은 그룹 '환'에 대해 집단 행동을 하지 않을 수 없었던 것이다.

그런데 황당한 것은 기를 쓰고 그룹 '환'을 제재하고자 하였지만 세계 자원의 태반을 실질적으로 지배하고 있는 세계기업연합임에도 불구하고 그룹 '환'을 제재할 수 있는 이렇다 할 수단이 없다는 것이었다.

작년에 1,000억 달러가 훨씬 넘는 매출을 올렸고, 올해는 매출이 2,000억 달러가 훨씬 넘을 예정이지만 그룹 '환'은 거의 모든 자원을 자급자족하고 있었기 때문이다.

최근에 그룹 '환'에서 생산하려는 발전 설비 '무한력'이나 인조 잔디 '늘푸른' 마저도 원자재들을 자체적으로 충당하고 있을 정도였다.

세계기업연합의 회원 기업들이 그룹 '환'에 아쉬운 소리를 할 게 있지만 그룹 '환'에서 세계기업연합에 아쉬운 소리를 할 것은 전혀 없다는 것이 이가 갈리게 만드는 대목이었다.

세계기업연합에서 두고 보자는 식으로 이를 갈지만 그룹 '환'에서는 두고 보자는 놈치고 무서운 놈이 하나도 없다는 식의 반응이니 미치고 환장할 노릇이 아닐 수 없는 것이다.

더군다나 치를 떨게 만드는 그룹 '환'이 얼마 전까지만 해도 인간 취급도 하지 않던 옐로우 멍키가 만들었다는 데서 세계기업연합의 분노는 커질 수밖에 없었던 것이다.

─안타깝게도 우리 세계기업연합에서 그룹 '환'을 직접적으로 제재할 수단이 하나도 없습니다. 그렇다고 이대로 그냥 두기에는 향후의 세계 경제는 그룹 '환'에 의해서 좌지우지당하기 십상입니다. 회원 여러분

어떻게 하면 좋겠습니까?

─직접적인 수단이 통하지 않는다면 간접적으로 제재를 가해야 합니다. 일전에 우리 WUC에서는 대한민국 대통령에게 간접적으로 협박을 함으로써 '미리내'의 양산을 막을 수 있었습니다. 다행스럽게도 대한민국은 자원과 식량의 대부분을 수입하고 있습니다. EX모빌과 R, D 쉘 등의 석유 메이저와 OPEC에서 그룹 '환'에서 '무한력'을 양산한다면 대한민국에 석유를, 카길, 펑기 등의 식량 메이저들은 식량을, BHP 필라톤, 레오티드 등의 철강 메이저들은 철강석을 공급하지 않겠다고 엄포를 놓는 것입니다. 그럼 대한민국 대통령은 그룹 '환'의 CEO인 최강권에게 다시금 영향력을 발휘해서 '무한력'을 양산하지 못하도록 할 것입니다.

─로베르트 스티븐 로키드 마튼 CEO의 말씀도 일리는 있습니다만 과연 그룹 '환'의 CEO인 최강권이 대한민국 대통령의 강제를 받아들일 것인가가 의문시되지 않을 수 없습니다. 왜냐하면 그룹 '환'은 아직 주식시장에 상장조차 하지 않은 최강권의 개인 회사나 다름이 없기 때문입니다. 상식적으로 생각을 해볼 때

이것은 실효성이 없을 것 같습니다.

　―페트롤차이나의 슈슈링입니다. 서구적인 시각에서의 상식이라면 로마리오 클루퍼스 BHP 필라톤사의 CEO의 말씀이 맞겠지만 동양적인 사고에서는 로베르트 스티븐 로키드 마튼 CEO의 말씀이 맞는 것 같습니다. 개인주의 성향이 팽배해 있는 서양과는 달리 동양에서는 아직도 개인보다는 가족, 가족보다는 사회, 사회보다는 국가를 우선해서 생각하기 때문입니다. 로베르트 스티븐 로키드 마튼 CEO의 말씀처럼 서원명 대한민국 대통령에게 권고안을 보내서 간접적으로 제재를 가하도록 하는 게 좋을 것 같습니다. 대한민국은 대통령중심제 국가이고 또 전통적으로 대통령의 권한이 막강한 나라입니다. 이 말의 의미는 대한민국 국민이라면 대통령의 말에 자유스럽지 못하다는 것을 함축하고 있다는 것입니다.

　―매우 유익하고 흥미로운 논의였습니다. 그럼 회원 여러분들의 거수로 그룹 '환'의 제재안을 결정하도록 하겠습니다. 우선 로마리오 클루퍼스 BHP 필라톤사의 CEO의 제재안에 찬성하시는 회원 여러분들은 손을 들어주십시오.

그런데 BHP 필라톤사의 CEO인 로마리오 클루퍼스가 제재안을 제시한 바가 없었기 때문에 손을 들건더기도 없었고 당연히 손을 든 사람은 아무도 없었다.

그럼에도 불구하고 세계기업연합 임시총회의 의장인 레이놀드는 마치 세계기업연합 회원 기업들이 만장일치로 로마리오 클루퍼스의 제재안에 반대하는 것처럼 말하고 있었다.

이것은 다 외부에 세계 기업연합의 결정이 회원 기업들의 자유로운 의사에 기인한 것처럼 보이려는 정치적인 쇼였다.

이어서 로베르트 스티븐 로키드 마튼 CEO의 제재안에 대한 찬성 여부를 상정했다. 대부분 손을 드는 것은 당연했다.

—로베르트 스티븐 로키드 마튼 CEO의 제재안에 99명이 투표를 해서 98명이 찬성을 했습니다. 거의 만장일치라고 하지 않을 수 없습니다. 그럼 세계기업연합은 회원 전원의 명의로 대한민국 대통령 서원명에게 로베르트 스티븐 로키드 마튼 CEO의 제재안을 발

송하도록 하겠습니다.

결국 이렇게 세계기업연합은 그룹 '환'을 제재하는
데 다시 한 번 서원명 대통령을 이용하기로 결정하였
다.

❖ ❖ ❖

—주인아, 저 미친놈들이 또 지랄을 하는데 이번에
도 저번처럼 참고 넘어갈 거야?

"미쳤냐? 이번에는 본때를 보여주도록 하겠어."

—주인아, 어떻게 하려고?

"그보다 하나 묻자. '달'아 용기에 담지 않고도 아
공간에 액체를 넣을 수 있지?"

—그야 당연하지. 아공간도 공간이고 아공간은 밀
폐가 되어 있으니까 당연히 액체도 넣을 수 있어. 다
만 꺼낼 때 엉뚱한 곳에 쏟아질 수 있는 문제가 생기
기는 하겠지만 그것만 주의한다면 뭐 특별한 문제는
없어. 주인아, 무슨 좋은 생각이 있나 보지?

'달'의 물음에 강권은 비릿하게 웃으며 말했다.

"저 자식들이 우리나라에 석유와 철강석, 식량을 공급하지 않겠다고 으름장을 놓으려는 거잖아. 이에는 이라고 나는 저 새끼들이 으름장을 놓는 석유와 철광석과 식량을 저 새끼들한테서 강제로 뺏어야겠어. 물론 저 새끼들이 갖고 있는 것을 전부 뺏겠다는 것은 아니고 우리나라가 대략 20~30년 정도 쓸 분량만 뺏어 와서 우리나라에 안전빵으로 공급하겠다는 거야. 그렇게 한다면 저 새끼들은 완전 닭 쫓던 개 지붕 쳐다보는 격이 되지 않겠냐?"

―킬킬킬, 생각만 해도 통쾌해지는데 그래. 그런데 주인아, 그게 가능해?

"하하, 내가 누구냐? 천하의 최강권이라고. 못할 것 하나 없어."

―어떻게 하려는 건데?

"그러니까 '보라매'를 업그레이드시켜서 바다를 통해서 땅속으로 유전에 접근해서 원유를 왕창 때려 담는 거야. 그리고 우리나라 근해에 있는 무인도에다 유전을 하나 만들어서 퍼 넣는 거지 뭐. 니들하고 노옴의 도움을 조금 받는다면 충분히 가능하지 않겠냐? 어때?"

─주인아, 그러니까 '보라매'에 아공간을 만들어서 거기에 원유를 싣고 와서 우리나라 무인도에 공간 확장 마법진으로 유전을 만들어서 넣는다는 거지?

"응. 그렇지. '달' 니가 9클래스 마법사니까 아공간을 엄청 크게 만들 수도 있잖아. 그럼 된 것 아니겠어? 산유국(産油國) 그까짓 거 뭐 별거야? 유전(油田)의 크기가 어떻든 간에 필요할 때마다 기름만 쫙쫙 뽑아내면 그게 진짜 산유국이잖아?"

─주인아, 근데 그러면 들키지 않을까? 들키면 곤란하잖아?

"야! '달'아 니는 걱정도 팔자다. 모든 것을 마법으로 처리할 건데 들킬 일이 뭐가 있겠어? 가령 노옴에게 바다 밑으로 파고들어서 유전으로 접근을 하게 하면 유전에서 원유를 빼내는 만큼 바닷물이 채워질 거 아냐. 그런데 경질유의 비중은 약 0.87이고 보통 원유의 비중은 대략 0.92, 그리고 중질유의 비중은 0.92 이상이야. 그렇지만 원유의 비중은 1.03인 바닷물의 비중보다는 훨씬 가벼우니까 바닷물은 유전 밑바닥에 있을 것이고 원유를 모두 다 채굴할 때까지 들키지 않을 거란 말이지. 또 유전 한 군데에서만 빼내지 않고 여러 유전에서 조금씩 빼낸다면 유정이 쉽게 고갈되지 않을 것이고 당하는 놈들도 한참 동안은 의심하지도 않을 것이고 말이지. 내 생각이 어때?"

─주인아, 함 해보자. 하다, 하다 영 아니다 싶으면 포탈이라도 만들어서 몽땅 쓸어오면 되겠지 뭐. 흐흐흐, 당한 놈들이 바보라는 그런 말도 있잖아.

강권과 '달'은 죽이 착착 맞아서 원유 강탈하기에 나섰다.

그런데 강권이 염려하던 카르마의 법칙이라는 것은 상대가 선의로 나왔을 때가 문제이지 이처럼 터무니없이 덮어씌우려 할 때는 아무런 문제도 되지 않아 걱정할 게 전혀 없었다.

물론 터무니없이 덮어씌우려 할 때 꿋꿋하게 참을 수 있다면 해탈의 경지에 오를 수도 있겠지만 강권은 당장 해탈의 경지에 오를 생각은 추호도 없으니 대한민국을 졸지에 산유국으로 만들 생각에 흐뭇한 심정이 되어 개발에 땀을 내고 있었다.

─주인아, 이거 말이야. 땅속을 가면서도 날아갈 수도 있으니까 '날두더쥐' 라고 해야 할라나?

"하하하, '날두더쥐' 라는 게 어디 있어? 날기도 하고, 땅 위로도 가고, 땅속으로도 가고, 바다 속으로도 가니까 차라리 '만능 보라매' 라는 게 낫지 않을까? 게다가 기름도 실을 수 있고, 철광석도 실을 수 있으니 '만능 보라매' 라고 하는 게 낫지 않을까 싶어. 그런데 참, '달' 아 원유를 넣은 다음에 식량을 넣으면 식량에서 기름 냄새가 배지 않을까?"

─에고! 주인아, 주인은 8서클 마법사면서도 아공간에 대해서 그렇게 모르냐? 아공간이란 것은 이쪽 세상과는 전혀 별개의 공간이어서 이쪽 세상의 물질과는 전혀 섞이지 않는 곳이야. 그러니 한 군데 섞어 놓으면 모를까 전혀 냄새가 배길 일이 없다구.

"그렇다면 다행이고."

강권의 마법적인 감각은 '달' 과 '해' 에 비해서 확실히 떨어지는 편이었다.

'달' 과 '해' 는 마법이 있는 세상에서 있다 온데다가 마법의 조종이라고 할 수 있는 드래곤의 모든 마법

지식까지 갖고 있어서 그 차이는 확연할 수밖에 없었다.

아공간에 관한 마법은 8클래스의 마법인데, 8서클의 마법사는 저쪽 세상에서도 거의 없는 편이어서 아공간에 관한 마법은 인간과 드래곤의 차이는 엄청났다.

일례를 들어 아공간의 응용에 해당하는 무한배낭의 용량에 있어서도 인간 마법사가 만드는 무한배낭과 드래곤이 만드는 무한배낭의 용량의 차이는 비교 불가라고 할 수 있었다.

8서클의 마법사가 만드는 무한배낭의 크기는 끽해야 마차 10대 분량이지만 드래곤이 만드는 무한배낭의 용량은 말 그대로 무한대에 가까웠다.

골드 드래곤 칼리크 레고우스가 그의 드래곤본으로 만든 얄팍한 한 쌍의 토시에 각각 마차 100대분의 분량을 담을 수 있다고 했으니 만약 배낭에라도 인챈트했더라면 거의 무한대의 용량이 되지 않겠는가?

—참! 주인아, 아공간을 무한대에 가깝게 만들려면

최소한 최상급 마나석이 있어야 한다는 것쯤은 알고 있겠지?

"아참! 그렇지! 이런 제기랄, 최상급 마나석이 없잖아? 노옴에게 시켜서 찾아오게 했다가 정 없으면 토시에 붙어 있는 드래곤 하트를 하나 빼서 사용하지 뭐. 이 토시에 붙어 있는 이 루비 같은 보석이 레드 드래곤 카라쿤 쿠리에타의 드래곤 하트라고 그랬지? 드래곤 하트는 최상급 마나석보다 훨씬 더 좋은 거잖아? 그렇지?"

─뭐어? 이 정신머리 없는 주인아, 고룡급 드래곤이 직접 만든 레어급 아티펙트가 얼마만한 보물인데 별 쓰잘 데 없는 아공간을 만들려고 레어급 아티펙트를 훼손시키겠다고? 이런, 이런, 주인아, 도대체 제정신이냐?

"이런 쯧쯧, 기와 한 장 아껴서 대들보 썩힌다는 말이 있어. 빠른 시간 안에 유전을 옮길 수 없다면 우리나라 경제는 족히 몇 개월 동안은 마비 상태가 될 것이고 그렇게 되면 수천만 명의 우리나라 국민이 엄청 고통을 당하게 될 거야. 그런 것을 감안한다면 이 토시가 아무리 레어급 아티펙트라고 해도 유전을 옮길 수 없다면 지금은 기와 한 장에 불과하단 말이거든. 결론적으로 나는 이 레어급 아티펙트를 희생시키더라도 수천만 명에 달하는 우리나라 국민들의 고통을 덜어줄 수만 있다면 그것이 오히려 더 가치가 있는 것이라고 생각해. 또 토시가 한 쌍이 있으니까 토시 하나를 희생시키더라도 토시 하나가 남잖아. 내가 사용할 아공간은 그것으로 충분해. 그렇지만 우리나라 경제가 마비가 된다면 레어급 아티펙트 몇 개를 팔아도 그걸 만회할 수는 없다고 봐."

'달'은 강권의 말이 틀리지 않다는 생각이 들었다.

저쪽 세상에서야 고룡급 드래곤이 만든 레어급 아티펙트는 왕국의 어지간한 후작령의 영지와 맞바꿀 수 있는 무가지보에 해당하겠지만 솔직히 말해서 이쪽 세상에서는 그 정도의 가치를 갖는다고 보기는 힘들 것이다.

또 어떻게 따지면 마차 100대분 분량의 아공간보다는 거의 무한대에 가까운 아공간이 더 쓰임새가 많을지도 모른다는 생각도 들었다.

'허어, 거 참! 레어급 아티펙트인데……ㄴ.'

그렇지만 아까운 것은 아까운 것이었다.

'레어급 아티펙트가 손상되지 않으려면 노옴이 최상급 마나석을 캐와야 하나?'

이렇게 노옴의 역할이 점점 더 커져갈 때 노옴은 최상급 마나석을 찾기 위해 땅속 30km 이상의 깊은 곳을 헤매고 있었다.

강권은 노옴에게 마나를 공급하기 위하여 무진신공을 돌리고 있었고, '해' 와 '달' 은 '만능 보라매' 의 이곳, 저곳에 확장 마법진과 아공간 마법진을 새기느라고 개 발에 땀을 내고 있었다.

❖   ❖   ❖

"대통령님, 세계기업연합에서 총회에서 그룹 '환' 이 '무한력' 을 만들어 판다면 앞으로 우리나라 기업들에게는 원유와 철광석, 식량을 공급하지 않겠다는 결정을 했다고 합니다. 어떻게 하면 좋겠습니까? 대책을 세워주십시오."

우리나라 SG 정유회사의 CEO인 최한철의 말이었다.

최한철의 말이 끝나자마자 옆에 있던 PK 제철회사 CEO인 유준태가 말을 이었다.

　　"대통령님, 이번에 우리 제철소에 들여왔어야 할 철광석이 들어오지 못한다면 우리 회사 직원 18,000명이 실직 상태에 빠질 뿐만 아니라 한대자동차와 구아자동차는 물론이고 국내 건설사도 자재가 없어 일을 할 수가 없게 됩니다. 자동차 회사와 건설사 들이 일을 하지 못하게 되면 그 회사들과 연계된 회사들마저도 전부 일을 하지 못하게 됩니다. 대통령님, 신속한 대책이 필요합니다."

　　"유준태 회장, 도대체 지금 무슨 말을 하는 거요? 제철회사에서 필요한 철광석이나 코크스 등은 보통 6개월분 이상 여분을 두지 않소? 또 앞으로 공급해 주지 않는다고 하더라도 이미 계약된 분량은 선적을 하는 게 원칙이 아니오? 내가 알아볼 테니까 돌아들 가시오. 최 회장도 마찬가지요. 내가 알아봐서 해결해 줄 테니까 오늘은 그만 돌아들 가도록 하시오."

　　"예. 알겠습니다. 대통령님."

　　"예. 알겠습니다. 대통령님."

서원명 대통령은 SG정유의 최한철과 PK제철의 유준태가 어떤 의도로 자신을 접견하려고 왔다는 것을 직감적으로 알게 되자 역정부터 났다.

서원명 대통령이 알고 있기로는 우리나라 원유 비축량은 185일분이나 되고 다른 원자재 역시 몇 개월간은 버틸 수 있다고 알고 있는데 당장 큰일이라도 날 것처럼 호들갑을 떨었기 때문이다.

그것은 아마도 세계기업연합에서 우리나라에 원자재를 공급해 주지 않는다고 한 것보다는 최강권이 개발한 '무한력' 때문일 것임에 틀림없었다.

저들 역시 '무한력'이 양산이 된다면 엄청 타격을 받을 것이 분명하기 때문에 그걸 염려해서 호들갑을 떠는 것이리라.

'휴우, 우리나라의 장래를 생각한다면 '무한력'을 양산하는 것이 정답인데 '무한력'을 양산한다면 경제구조가 완전 달라져 버려서 실업자가 대량으로 생길 것 같아 그것이 문제일세그려.'

'무한력'을 양산한다면 몇 년 안으로 동력에 관계되는 자원 문제는 거의 걱정을 하지 않아도 될 정도로 장밋빛 미래가 될 수 있을 것이다.

그렇지만 정유 산업은 사양산업이 될 것이고 엄청난 실업자가 발생할 것이다.

그렇다고 그룹 '환'에 그들을 전부 고용하라고 할 수도 없다.

공장도 짓지 않고 '보라매'를 만들고 '근두운'을 만드는 것처럼 최강권이란 친구는 보나마나 공장도 짓지 않고 '무한력'을 뚝딱뚝딱 만들어 댈 게 분명했다.

'도무지 이해가 가지 않는단 말이야? 비행기 하나를 만들려면 엄청난 인원을 고용해야 하는데 첨단 비행기보다 훨씬 성능이 좋은 비행선을 만드는데 어떻게 한 사람도 고용하지 않고 혼자서 뚝딱뚝딱 만드냐고?'

문제는 바로 거기에서 야기되는 것 같았다. 얼핏 듣기에 하나를 만들어 팔면 99% 이상이 남는다고 했는데 투자를 하나도 하지 않는데다가 고용을 하지 않아 비용마저 들지 않으니 그렇게 남는 것이리라. 또한 원자재는 대부분 공기 중에 있다고 했으니 완전 땅 집고 헤엄치기가 아니고 뭐겠는가?

'흐유, 남에게 공짜로 퍼줄 생각을 하지 말고 더불

어 살 생각을 하면 오죽이나 좋아?'

서원명 대통령은 아무리 생각을 해도 대책은 떠오르지 않고 머리만 복잡해졌다.

그러다 세계기업연합 새끼들의 작태가 떠오르자 열불이 나기 시작했다.

'이 싸가지 없는 새끼들이 보자보자 하니까 정말로 너무들 하네. 그 X새끼들 지들은 지들이 꼴리는 대로 원자재 값 마음대로 올려먹지, 터무니없이 막대한 로열티 요구하지, 씨발 그러면서 왜 남의 기술은 무시하는 건데? 그리고 또 이 쓰벌새끼들 지들이 뭐 깡패새끼들이야 뭐야? 왜? 떼로 몰려서 협박을 하는 거야?'

서원명 대통령은 저번에야 한 번 봐주었지만 이번에는 그 쓰벌새끼들이 요구하는 대로는 하지 않겠다고 굳게 다짐을 했다.

하지만 그렇다고 해서 뚜렷한 대책은 가지고 있지도 않았다. 결국 이번에도 최강권에게 의지하지 않으면 해결책은 없을 것 같았다.

'휴우, 차라리 그 친구가 대통령이면 모든 일이 엄청 잘 풀릴 텐데……. 정말이지 언제까지 그 친구에게

의지해야 하나?'

서원명 대통령은 스스로 한심하기 짝이 없다는 평가를 하지 않을 수 없었다.

그가 대통령이 된 것부터, 문제가 발생할 때마다 그에게 의존하는 것까지 하나같이 스스로 한 것이 아무것도 없는 것 같아 도무지 마음에 들지 않았던 것이다.

'어찌 되었든 발등에 불이 떨어졌으니 일단 그 친구와 의논을 해봐야 하겠지?'

서원명 대통령은 강권에게 전화를 했지만 신호는 가는데 한참 동안이나 전화를 받지 않아서 무슨 일인가 궁금하기도 하고, 한편으로는 일부로 자기 전화여서 받지 않은 것인가 하는 생각이 들기도 했다.

'젠장, 나 같아도 전화를 받지 않겠다. 그나저나 이를 어쩐다?'

서원명 대통령은 그 후에도 몇 번 전화를 걸었지만 전화를 받지 않아 최강권이 자기 전화를 일부로 받지 않는다고 생각을 하고는 더 이상 전화를 걸지 않았다.

그리고는 이것, 저것 신경 쓰이는 게 많아 잊어버

렸다.

일주일이나 지났을까 최강권에게서 뜬금없이 전화가 왔다.

—어이! 정암이 요새 골치 아프지?

"으응, 그렇지 뭐. 그런데 무슨 일로 전화를 다 걸었나?"

서원명 대통령은 한편으로는 반가웠지만 섭섭한 점도 없지 않아 부러 데면데면하게 전화를 받았다.

그런데 최강권의 다음 말이 서원명으로 하여금 완전 평정심을 잃게 만들었다.

—그동안 유전을 탐사하느라고 바빠서 전화를 하지 못했네. 다행히 어느 정도 매장량을 가진 유전을 찾을 수 있었네. 자세한 것은 정밀조사를 해봐야 하겠지만 우리나라 한 해 원유 수입량을 대략 10억 배럴로 잡았을 때 앞으로 한 50~60년 정도는 원유를 수입하지 않아도 될 정도는 될 것일세.

"뭐어? 정말인가? 그곳이 어딘데? 매장량은 대략 얼마나 되고?"

서원명 대통령은 앓던 이가 빠진 것처럼 속이 시원해졌지만 그만큼 궁금증은 더해져서 숨도 쉬지 않고 연신 묻기에 바빴다.

그런데 최강권의 대답은 너무 황당하기 짝이 없어 믿어지지 않았다.

—유전이 있는 곳은 무안군에 속해 있는 한 무인도야. 며칠 전에 내가 사서 내 명의로 해놓았는데 유전이 있는 것 같아서 조사를 해보았지. 원유 추정 매장량이 대략 500억~600억 배럴은 될 거야.

"뭐어? 이 친구야 자네 농담하는 것 아니지?"

—내가 비싼 밥 먹고 그딴 걸 뭐하러 거짓말을 하겠는가? 또 금방 밝혀질 것인데 속인다고 속여지겠는가? 이제 우리나라도 당당히 산유국 대열에 들어설 것일세. 산유국 그까이거 이제 보니 별거 아닌 것 같더라고. 기름이 필요할 때 기름만 쫙쫙 뽑아 쓸 수 있다면 그게 산유국 아닌가베.

"……."

추정 매장량이 500억~600억 배럴이라면 결코 작은 유전이 아니고 단일 유전으로는 엄청 큰 유전에 속한다.

그렇게 큰 유전이 대륙붕에 있는 것도 아니고 한반도 서남쪽 해안가에 있다고 하자 서원명 대통령은 도무지 믿어지지 않아 할 말을 잊어버렸다.

그런데 최강권이란 인간은 계속해서 황당한 말들을 늘어놓고 있었다.

—그리고 말이야. 우리나라에 그럴듯한 철광도 필요해서 철광을 개발하려고 산을 샀거든. 그런데 거기에서 품위 60% 이상인 적철광이 발견되었지 뭔가?

"허허, 자네 정말 농담하는 것 아니지?"

—하하하! 그렇다니까 그러네.

"그럼 매장량은 대략 얼마나 되는가?"

—한 30억t 정도는 될 거야. 우리나라 한 해 철광석 수입량이 6천만t 정도니까 음, 그것도 한 50년 정도 쓸 수 있겠구면. 참 거기에 희토류도 꽤 매장되어 있더라고.

"……."

서원명 대통령은 분명 최강권이 무슨 수작을 부렸다는 걸 직감했지만 어떤 수작을 부렸는지는 도무지 짐작조차 할 수 없었다.

그렇지만 최강권이 실없이 농담이나 하는 사람이 아님을 감안하면 우리나라는 더 이상 자원 빈국이 아니고 당당히 산유국 대열에 들어설 것은 분명할 것이었다.

*메갈로폴리스(megalopolis)

공업화는 노동력의 필요에 따라 도시 지역에 인구를 집중시키는데 비해 농촌 지역은 토지의 한정성 때문에 인구를 분산시키려는 성향을 갖게 된다.

이 같은 두 가지 요인이 복합적으로 작용하게 되면 점점 더 인구를 도시 지역에 집중시키게 되고 그 결과 거대 도시인 메트로폴리스(metropolis)가 형성되게 된다.

그런데 이렇게 메트로폴리스에 점점 더 인구가 집중되면 필연적으로 근처의 또 다른 메트로폴리스와 연결이 되게 된다.

미국 북동부의 이러한 도시화 과정을 연구하던 프랑스의 지리학자인 J. 고트망은 이렇게 형성된 거대 도시(메트로폴리스)와 그 거대 도시들을 잇는 대도시권의 도시화 지역을 구분 짓기 위해서 메갈로폴리스(megalopolis)라는 용어를 사용하였다.

메갈로폴리스는 면적에 있어서는 미국 전국토의 약 1.8%에 불과하나, 인구에 있어서는 약 21%를 차지한다.

또한 메갈로폴리스 과정에서 철도, 자동차, 항공기 등의 교통수단과 통신수단이 고도로 발달하게 되고, 기능적으로 일체화되어져 메갈로폴리스는 마치 하나의 유기체처럼 느껴지게 된다.

그 결과 메갈로폴리스는 경제, 사회, 문화 등의 제반 활동들이 일체화되게 되는데 이에 따라 메갈로폴리스에 사는 주민들의 의식도 개개의 도시 거주자로서의 의식이 점차 희박해져 가게 된다.

미국에서 도시화의 팽창이 이처럼 메갈로폴리스를 이루었다면 여러 나라가 인접해 있는 유럽에서는(특히 베네룩스 3국)은 국경의 경계마저 거의 없어져 하나의 거대도시권 즉, 에큐메노폴리스(ecumenopolice)를 형성했다.

〈『더 리더』 10권에 계속〉

the 리더

1판 1쇄 찍음 2012년 9월 6일
1판 1쇄 펴냄 2012년 9월 10일

지은이 | 희 배
펴낸이 | 정 필
펴낸곳 | 도서출판 **뿔미디어**

편집장 | 이재권
기획 · 편집 | 심재영
편집디자인 | 이진선
관리, 영업 | 김기환, 임순옥

출판등록 | 2002년 9월 11일 (제1081-1-132호)
주소 | 부천시 원미구 상3동 533-3 아트프라자 503호 (우)420-861
전화 | 032)651-6513 / 팩스 032)651-6094
E-mail | bbulmedia@hanmail.net

값 8,000원

ISBN 978-89-6639-929-1 04810
ISBN 978-89-6639-165-3 04810 (세트)

http://www.bbulmedia.com